U0750091

小故事

李庆西 著

生活·讀書·新知 三联书店

图书在版编目（CIP）数据

小故事／李庆西著. —北京：生活·读书·新知三联书店，
2014.9
　ISBN 978−7−108−05014−4

　Ⅰ.①小…　Ⅱ.①李…　Ⅲ.①故事−作品集−中国−当代
Ⅳ.①I247.8

　中国版本图书馆CIP数据核字（2014）第094296号

责任编辑　吴　彬
装帧设计　张　婷
责任印制　郝德华
出版发行　生活·讀書·新知 三联书店
　　　　　（北京市东城区美术馆东街22号 100010）
网　　址　www.sdxjpc.com
经　　销　新华书店
印　　刷　北京中科印刷有限公司
版　　次　2014年9月北京第1版
　　　　　2014年9月北京第1次印刷
开　　本　787毫米×1092毫米　1/32　印张11.5
字　　数　120千字　图49幅
印　　数　0,001−5,000册
定　　价　39.00元
（印装查询：01064002715；邮购查询：01084010542）

目　录

甲集　童年

乙集　世界

序
跑吧，兔子！

黄子平

那年月焚书坑儒，闹书荒，这一代人读书不易；饥不择食，逮到哪本读哪本。据说庆西当年到手一本《农业机械维修手册》，硬是从目录到正文再到插图里外钻研了个透彻，至今家里修个吸尘器什么的，还是他的活儿。若是碰到中外小说，那就得排队轮候。有好心人将司汤达的《红与黑》拆成一二十沓重新装订，以加快流通速度。化整为零的阅读经验有点诡异了："记得是于连被砍了头又好端端地在侯爵府上混事，打碎了日本花瓶撒丫子跑回埃里叶去爬德瑞那夫人卧室窗子，真叫跌宕起伏，真叫大开大阖，每人读的版本都不一样，随机取组的个性化阅读——这能排列出多少个组合？真是有多少个读者就有多少个于连·黑索尔，后现代？那是刀耕火种的后现代，那感觉不就是时空错位颠倒乾坤吗，你说是颠覆也好，创造性误读也好，反正当年的草根阅读本身就是一个故事，起初拆开的《红与黑》凑一块儿还是完整的一部，后来慢慢缺了几沓，于是那漫漶之处就拉出了空当，没有了瓦勒诺先生更好，于连还少了点羁绊，作兴更拓开了阅读的想象空间。"

线性叙事和解构叙事表面看来是作家的创作设计，其实都是读者阅读的结果。所以，反向的阅读策略也是可行的，——譬如，把李庆西的这部《小故事》读成一部长篇小说，一部皇皇大著，又会怎样呢？一个叫"兔子"的主人公构成了叙事的主线：童年的兔子，跟着疗养院总务科的父亲侍弄菜园子；读中学的兔子，文理各科成绩优异上课却老是走神；在北大荒插队的兔子，在松花江畔的夜晚吹着忧伤的口琴；退休后做"住家男"的兔子，在菜场里跟熟识的摊贩闲聊天。其间又穿插了一些无名无姓身份不明的"他"或"她"，神出鬼没，若隐若现，把"他"或"她"的所见所忆所思所读（尤其是所读），把无数的"时间碎片"，镶嵌到被称为"世界"和"革命"这样的宏大框架里，既是破碎解构的，又是线性整全的。如此暴露出《小故事》的创作野心，正不可谓之"小"。

庆西的拿手绝招是把日常市井俚俗场景，跟历史哲学思考天衣无缝地拼接起来，将浮浅与深刻、严肃和诙谐无与伦比地熔为一炉，反而成就了庄子式的"逍遥游"大境界，却又如此紧贴大地，紧贴现实，紧贴时代。那个在天桥下弹吉他卖唱的小伙子："我跟你说，这日子没法过……"破旧的背囊里几乎全是书。他在读《罗马盛衰原因论》。拾荒老头说你读那么多书怎么也混成个盲流，摇滚歌手吼天吼地唱道："我跟你说……其实说了也白说，一百年的蹉跎，几辈子修不成正果！"那个职业杀手（"刚刚在驻马店干了一票"）一边撕着烧鸡，一边讨论汉语方言里的第一人称代词：张口就带出一个后鼻音 ng（ŋ），更显得畏葸。如，山东话读"ngan"（俺），陕西话读"nge"（额），客家话读"ngai"（崖），还有宁波话读"ngo"，绍兴话读"nga"……只有皇上的那个"朕"字真叫掷地有声。在乱得不能再乱的医院输液部（腹泻患者的导管没准插到挂着牛皮癣的药瓶），叙述者安排了房地产演说家和饭局中介人的交响："……那又招谁惹谁了？靠！没有国家资本主义就没有老百姓的社会主义！""我说……明儿咱们小范围内吃个饭，就你们几个局长加上我和老郑……老赵嘛，您知道他就那点破事儿……嘻嘻，没错，老时间，老地方，餐后还是老节目……"

在这一片世俗的纷扰和喧嚣之上，穿插其间类乎"读书笔记"的篇章就带出一种苍凉和凝重。与当代许多不阅读只创作的作家不同，李庆西是既创作又阅读的作家，毋宁说，他是阅读多于写作的作家（且不提他几十年的编辑生涯："我花在别人的书上的时间远多于自己的书"）。倘若依这些"笔记"列出一个书单，会是很长很长：卡森·麦卡勒斯的《心是孤独的猎手》；加哈罗德·品特的《房间》；索尔·贝娄的名篇《寻找格林先生》和《贡萨加诗稿》；博尔赫斯的《等待》和《阿韦利诺·阿雷东多》；库切的自传体小说《夏日》和《凶年纪事》；印度女作家阿兰达蒂·洛伊的《微物之神》；印度作家阿拉文德·阿迪加的《白老虎》；尼采的《不合时宜的观察》；韦伯的《以学术为业》，等等等等。注意：这些"阅读笔记"出自小说的人物"他"之手，而不是作者本人之手。人物在"故事"里阅读，阅读又影响了或转换为"故事"。这一虚构的叙述层次非常重要，将书本中的故事和小说的故事"艺术地"打通了。

牛仔拔刀子斗殴的酒吧，加上沉思冥想的图书馆，对了，这是博尔赫斯。庆西心仪的阿根廷作家博尔赫斯，毕生思考的问题是，如何理性地思考这个混乱的世界？二十世纪文学的主流是用语言的紊乱、事件的杂凑和潜意识的探索来和生存的混乱相对应，而博尔赫斯则反其道而行之，坚持认为世界是由智力空间的形状和形象所建构的，从而发展出他小说的简洁诗学，坚持用一种智性的精神秩序来克服世界的混乱。卡尔维诺说，博尔赫斯在四十岁的时候，找到了一种方法，"把他自己发明为一个作家"。也就是说，他假定自己最想写的那本书，早就写好了，早就由他人写好了。此后"他的每一个文本，都通过援引来自某个想象或真实的图书馆的书籍，而加倍扩大或多倍扩大其空间。这些被援引的书籍，要么是古典的，要么是不为人知的，要么根本就是杜撰的"。如此，就形成了文学世界和经验世界之间永恒的价值循环。文学文本留下了一些意象，一些情境，一些母题因子，像回声般互相震颤着，积淀到集体记忆中，而且一经出现就会被认出。

李庆西的方法有多大程度受到博尔赫斯的启发不好说，但我们看到《小故事》里"潜在文本"有如万斤泉水随地涌出，随心所欲地"援引"进兔子的生活世界。仅举《心狱》这一篇为例：叙述者有点疑神疑鬼，疑心受到了有关方面的监视。这两天，街边的小吃摊也换了，做鸡蛋煎饼的走了，来了卖肉夹馍的娘们。他把老婆拽到窗帘旁，悄声说，看见那些人了吗？人家干活管你什么事儿！看样子绝对不正常。老婆撇嘴道，你总是胡思乱想。那赵家的狗，何以看我两眼呢？远远的，有人牵一条宠物狗走过，那狗在马路牙子上寻寻觅觅，嗅来嗅去。似乎，一切都非常可疑。他想起鲁迅的狂人说过，"我怕得有理。"从《狂人日记》直接就跳到了《苏联的心灵》：一九四五年初冬，以赛亚·伯林在列宁格勒（今圣彼得堡）拜访阿赫玛托娃。他们彻夜长谈。她问起流亡西方的俄国作家，说到大清洗与集中营……说到罹难的古米廖夫和曼德尔施塔姆，女诗人肝肠寸断，泣不成声。伯林的叙述有时变得犹犹豫豫。阿赫玛托娃身上有一种殉道精神，乃以感受苦难的方式不断对现实进行控诉。城管来了，在跟肉夹馍娘们打情骂俏。阿赫玛托娃可谓一根筋，毕竟是贵族范儿。他想起"有恒产者有恒心"、"仓廪实而知礼节"的圣贤之言。可是圣贤又说"为富不仁"、"肉食者鄙"。真是凡事一说即落言筌。窗外绿枝摇曳，肉夹馍娘们笑得震天动地。

这一代阅读者中，如庆西般读书之多、之杂、之深，不在少数。但很少人能像他这样，把触类旁通的阅读转换为"故事"，构筑为小径交叉的叙事花园。

经历了文化禁锢的年月，这一代人的阅读如饥似渴，因而是真正的阅读，于是阅读常常溢出为写作。从那贫乏荒凉的青春年代，这一代人心目中最理想的图书馆，就是卡尔维诺所说的"那种向外部开放，向'真伪不明'的书开放的图书馆，'真伪不明'这个词的语源学意义是'隐藏'。文学就是寻找隐藏在远方的、改变已知之书的价值和意义的那本书。就是一股拉力，拉你去重新发现或者发明新的真伪不明的书"。去寻找，去发现，去发明新的真伪不明的那本书，这是文学的宿命，也是这一代阅读者和写作者的宿命。路漫漫，其修远兮，咱还得接着跑啊，跑吧，兔子！

甲集

童年

门房老韩

　　山脚下有几幢中西合璧的屋宅，由几条上下蜿蜒的青石小径连在一起，那是疗养院的一个分部。有一阵他母亲在那儿财务室做出纳，那时他读小学三年级。他放学后常去那儿玩，古木参天的院落显得有些幽深可怖。秋天，高大的栗树上挂满了带毛刺的果球，毛壳会慢慢裂开，起风时候就听见栗子啪啪啪地砸在石径上。听母亲说，过去这是国民党大官王正廷的别墅。后来他知道，王正廷当过国民政府的外交部长。传达室的老韩从前就是给王家看宅护院的，那慈眉善目的老头总是独自摆扑克牌。主人走了，他一直守着这房子，疗养院接收这儿时把他给收留了。财务室前边是医务室，空闲时女人们都窜到那儿聊天，有时说到老韩和他家人的事儿，说是老韩的老婆很有来历。听见外边啪啪啪的响声，大家都跑出去捡栗子，老韩从来不去捡。

冬天，老韩捧着铜火熜坐在传达室外边晒太阳，嘴里喃喃自语说些什么谁都听不懂，嘟囔够了就慢慢响起一长一短的鼾声。他蹑手蹑脚走过去，想用草棍拨弄那对翕动的鼻孔，老头嗖地一个鹞子翻身，把他按到水泥拉毛墙面上……

瘫老骆

每次查卫生都来好多人，门里门外转不开身。那些人是临时凑拢的，除了居委会几个大妈，有疗养院的剃头佬、供销社会计、邮局老杨……还有菜场楼上那个姓骆的。差不多每次都是这拨人，有时街道主任亲自带队。他们戴着白手套，这儿翻翻那儿翻翻，橱里柜里都要检查，最后根据白手套上沾了多少灰垢判定卫生等级（分优、良、合格与不合格）。那姓骆的眼睛很尖，每次都能让他逮着死角。他小时候，这样的查卫生是常有的事儿。一九六〇年代初，日常生活已纳入制度范畴。饮食男女，出入起居，都不再囿于私人叙事。有时半夜三更查户口，霍地闯进来一帮人，搞得鸡飞狗跳，就像鬼子进村。

他一直不知道那姓骆的是干什么的，好像没有什么正式职业。那人见谁都咧着嘴笑（细看嘴上有一块补过的兔唇），

露出一颗镶金的上牙，由于一条胳膊有残疾，被人称作"瘸老骆"。手臂的毛病怎么能说是"瘸"呢，他总觉得这说法本身就跛脚。听大人们说，这老骆过去是个人物，在"烧毛党"里混过，大小算是个头目。解放前"烧毛党"是老百姓谈虎色变的土匪武装，日本人来的时候编入了汪伪"和平军"。据说那时节姓骆的很神气，穿一身香云纱裥子（俗称"拷皮衫"），腰上插着两把驳壳枪……这不知是真事还是人们的想象。他没法想象瘸胳膊瘸手能有双枪李向阳的范儿，可那香云纱裥子总在他眼前晃悠，夏天老骆似乎就那一身衣服，已经很旧了，看上去油渍渍的，还散发一股腥臭味儿。

老骆喜欢给孩子们讲故事，夏夜乘凉时在菜场楼上摆龙门阵，那儿有一处露台，边上搭着丝瓜架子，还养了一些凤仙花。都过去半个世纪了，他至今还记得那些瓦岗寨、杨家将的段子，什么程咬金劫皇纲呀，杨宗保大破天门阵……有趣的是，老骆还有打鬼子锄汉奸的故事，开讲七郎八虎闯幽州之前，先来一段敌后武工队肖飞买药什么的，就像古时市井说话的"得胜头回"。老骆究竟是什么人，他们谁都没往深里想过。本来，老骆自己并不存在于他讲述的故事之中，那些故事另外有一个叙述主体。可是面对一帮说起打打杀杀就来劲的半大孩子，老骆总是捺不住要蹿入故事里边，老子晓得驳壳枪总是抵

《蜀山剑侠传》

不过小钢炮，不如干脆拿炸药包……虽说故事先于叙述，故事却只能在叙述中展开。一旦叙述成了僭述者的故事，也便成就了僭述者的尊严。有一年夏天讲《蜀山剑侠传》，弄得新村男孩个个耍刀耍剑，老骆油渍渍的香云纱裰子俨然成了峨眉派祖师刀枪不入的铁布衫。又过了几年，"文革"了，一夜之间姓骆的忽然踪影全无，仿佛真的遁迹江湖了。

他曾想，这人从前莫非是共产党卧底？眼下电影电视剧都玩"无间道"的新思维。

那天逛街，居然遇到老骆的小儿子"没牙"。见着眼熟，可一口齐齐整整的烤瓷牙却让人疑惑半天。他想起小时候斗殴，"没牙"的几颗门牙都在石板上磕没了。这小子现在抖上了，驾一辆模样粗野的 SUV，不由分说把他拽上车，说是带他去一个地方。那儿很像是好莱坞电影里乱哄哄的唐人街，进了一家叫"老娘水饺"的饭馆，原来是"没牙"自家的店铺。喝酒时，问起他老爸，"没牙"说，别提那老东西，老子这辈子让他害苦了……

屋　顶

很久以前，他看过一部名叫《屋顶》的意大利电影，那是一个趁夜搭建违章建筑的故事。战后的罗马生存艰难，影片中一对要结婚的恋人竟无栖身之处，只能在朋友们帮助下自己动手建房。当然，他们不可能通过正规渠道获得营造审批。好在当时的情况容易浑水摸鱼，如果天亮之前能把房子盖起来，警察是不会管这事儿的，就当是那房子早就矗在街上了。可是一座未竣工的房子就难以掩人耳目，你的审批手续，你的地皮来源、税务情况，都得被盘查，所以趁黑动工也得趁黑完工。

影片叙述过程不无喜剧风格。夜色融融，人影幢幢，那帮哥们拌灰砌砖干得热火朝天。且见墙身渐渐矗起，窗子也安上去了。他们搭建的小平房建筑面积顶多不过二十平方米，就像是街头售货亭。天色渐明，房梁托起了檩条，差不多就要铺设屋瓦了——看到这儿他开始有一种不祥的预感。这时，俯拍的镜头推向尚未遮覆的屋顶，那儿露出几颗攒动的脑袋。晨光里，镜头陡然拉开，四壁之外，警察一拥而上……

看这部影片时，他才九岁，或是十岁。其中的人物没有一个能记住名字，细节也未必记得真切，可是这个绝望的结局一直留在他心里，对一个儿童来说简直是心理摧残。他后来才知道，《屋顶》是维多里奥·德·西卡（Victorio de Sica）的作品，那位新现实主义大师更有名的一部影片是《偷自行车的人》。

他曾瞎想，能否有一个不那么残酷的结局呢？比如，用暗度陈仓的手法另设一处假工地迷惑警察，好让这儿顺利竣工。或者，一夜之间冒出许许多多这样的自建房，让警察管不胜管。再不然，关键时刻某个大人物出现了——高瞻远瞩的市长或是议员大人马上意识到，群众性的自建房正是解决战后罗马住房匮乏的有效途径，非但不必遏止反要大力提倡才是……影片最后，市长大人还出席了这违章住宅的剪彩仪式和年轻人的婚礼。也许，这都是中国人的思维方式（好莱坞影片中就没有这类手法？），偏好皆大欢喜的喜剧效果（中国人就独缺悲剧那根弦？），实际上他每一个思路都嵌入了某个如何解决问题的问题意识。他也明白，对这部影片结尾的任何改动都可能坠入滥俗的套路。可是，在他的浪漫想象中，这套猫鼠游戏应该有许多种玩法。按说猫鼠游戏的审美期待应该是一场弱者的狂欢，如果压轴的只是猫捉老鼠的戏份，这世界还有什么希望呢?

孟家爹爹

小时候，他家隔壁住着一户无锡人。那家男主人姓孟，人长得高大肥硕，是疗养院的炊事员。女主人瘦瘦小小，也在疗养院干活，做洗熨工，每天要洗大量的床单被套（机器不够，主要靠人工搓洗）。她上班摁着搓板洗了八小时，回家还得接着洗，因为她有七个孩子，还有一个老娘，每天都有一大堆脏衣服。两只手长年累月泡在皂液里刺激得皮肤通红，手指关节格外粗大。

有时他听母亲嘀咕：这户姓孟的人家日子怎么过哟，两口子挣那点钱要养活十口之家。其实，人家自有人家的过法。孟师傅上下班都带一个很大的搪瓷茶缸，出门是空的，回来却沉甸甸地需用两手捧着——里面满是从食堂带回的菜肴。楼上俞嫂碰上回来的孟师傅，说着话伸手揭开人家的茶缸盖，拣一块熏鱼或是素鸡塞嘴里了。食堂有一条不成文的规

矩，当天的剩菜都分给炊事员带回家去。正是靠着这茶缸里的"福利"，孟家老少歹度过了六十年代初的艰难岁月，他们的七个孩子都养得好好的。后来说起这事情，母亲大发感慨：大旱三年饿不死厨子！

孟师傅下班都很晚（食堂关门后才能走人），老婆先到家，做上饭等他把菜带回来。疗养院坐落在山上，走到家属区差不多有二里路，孟师傅捧着茶缸踱着方步一路走来，嘴里哼着锡剧小调。孟家的七个孩子早已远远迎出去了，老二是男孩，总是跑在最前边，迎到父亲又马上折返，把消息传给后边的老三——爹爹回来哩！老三再回跑告诉老四——爹爹回来哩！大姐带着下边三个萝卜头在大院门口延颈鹄望，见到父亲身影便是一阵欢呼雀跃。最后，一帮孩子簇拥着老爸浩浩荡荡拥进楼道，一起扯开嗓子向母亲报告——爹爹回来哩！无锡人说"爹爹"，不是 diē–diē，而是 diā–diá，那语调真是有些嗲嗲的。

孟师傅在家什么活儿都不用干，回来就像文化人似的坐到破藤椅里看报纸（报纸是向邻居借的），他老婆在水槽上呼哧呼哧洗衣服。夏天把藤椅搬到室外，趁天光未暗先把报纸看完，然后拍打叮在腿上的蚊子。然后唱一段《珍珠塔》：真所谓芥菜籽肚肠量气小，势利母亲偏偏养着小气女钗裙……暮色里一帮孩子围着藤椅追逐嬉戏，真是其乐融融。

等待的故事

博尔赫斯

博尔赫斯有两篇小说都是"等待"的主题，一篇题目就叫《等待》，另一篇是《阿韦利诺·阿雷东多》。两篇故事自是不同，倒也相映成趣。前者是主人公蛰居某处，等待仇人死去；后者主人公也蛰居某处，等待着刺杀一位大人物。等待的过程是两篇小说的核心部分，最后都有一个凶杀的结尾：一者是主人公的仇家找上门来把他给做了；一者是主人公在规定的日子找到目标一枪得手。不过——他觉得这儿要强调一下——等待跟等待也不一样。

在《等待》中，维拉里先生（其实是冒用仇人的姓氏）的幽居遥遥无期，要等到报纸上登出真正的维拉里先生的讣告才能解除自我禁闭。相反，《阿韦利诺·阿雷东多》的主人公有一个明确的蛰伏期限，八月二十五日上午。那天是乌拉圭的国庆日，总统要去马特里兹广场的教堂做感恩礼拜，阿雷东多选定这机会下手。一者被动，一者主动，猎物和猎手的定位就是不同。

维拉里在漫长的等待中，剔除了"过去"和"将来"，时间只有"现在"。结果他把自己打入了"现在"的地狱之中。他总是跟院子里那条老狼狗交谈，用西班牙语、意大利语和记忆中残存的乡村方言跟狗说话。偶尔也上街，去电影院，也去过牙医诊所。他在书柜里找到一本《神曲》，试图感受一下但丁描绘的地狱里的境况。博尔赫斯还写了主人公那些纠缠不清的梦魇，在梦中与枪手交火。

阿雷东多有时也光顾咖啡馆和杂货铺，闲得发慌的时候会有意识地控制自己。博尔赫斯将这一人物的等待过程写得更为细腻。他跟自己下棋，打扫房间，翻阅《圣经》，跟女佣聊天，海阔天空地回想着在沟壑纵横的田野上放风筝的情形。他会忍耐，就像中国人说"忍"字心头一把刀，他并不时时惦着"扬眉剑出鞘"的时刻。他在屋顶平台上听着淅沥淅沥的雨声，把目标"悬置"（epochē）在意念之外。其实，一开始他忍不住要数着日子——他拨停了钟，以免老是去看，但每晚听到黑暗中传来的午夜钟声时，他撕掉一张日历，心想：又少了一天。后来，他就渐渐进入了"没有时间概念"的浑然之境。

维拉里总想抹去时间的痕迹——他隐约觉得过去是构成时间的物质，因此时间很快就变成过去。阿雷东多呢，是将"现在"嵌入无限之中。

"现在"的意义究竟是什么？他想起王安忆的《遍地枭雄》。那本书里，时间只是压缩在"现在"。劫车团伙的头儿大王说，"现在"的意义就是"度过"。现在读这两篇"等待"的故事，他很容易想到自己的童年，他觉得童年就是一个漫长的等待——不是被动，亦非主动，只是浑浑噩噩的等待。准备着，时刻准备着……操场上，教室里，少先队口号惊雷般响起，仿佛每一次都判定"现在"的原罪。

山崖上的坟

对面山丘上是疗养院另外一个分部，他也常去那儿玩。东墙外边的山崖上有一座坟，藏在荒草和荆棘丛中，墓碑上的字迹被青苔遮掩了，他从未注意墓主是谁。那时周围山丘上坟头很多，他很早就熟悉了什么"先考、先妣"的字样。不过，那座坟墓比一般的要气派，虽然不大，却有石砌的马蹄形围圈，墓碑前还有一个长条石供桌。那儿没什么好玩的，只是有野草莓，还有一种叫做乌米饭的野果子，他们隔一阵就去那儿扫荡一遍，吃得满嘴发紫。

一九六六年七月的某一天，那座坟墓被挖开了。疗养院里成立了"红卫兵"（起初机关事业单位的群众组织也叫"红卫兵"），开始折腾"破四旧"的事儿，一出手就砸到那座坟头上了。这时他才知道那是蒋介石的笔杆子陈布雷的坟，许多大人也才听说"蒋介石早在我们身边布下了一颗地雷"。疗养院家属区里人们奔走相告，老老少少都跑去看热闹。许多年后，他从鲁迅书里看到"看客"的词儿，脑子里马上出现那个人头攒动的场面。当然，他也是"看客"之一，看着大人们在那儿刨坟有一种莫名其妙的兴奋。小小的山崖上足有几百人在围观，还有敲锣打鼓的。他赶到那儿坟头已经铲平了，院里的几个医生和司机轮流挥动铁镐大锤，费力地凿开墓穴的青膏泥封护层。下边的棺木早已烂了（其实那墓还不到二十年），撬开棺盖没费什么事儿。那工夫全场敛息屏声，仿佛都在期待着什么。他挤到前边看得真切，棺木里除了尸骨，只是一些腐烂的织物，空空荡荡的。领头的一位医生跳进棺内四下摸索，终于找到一样东西：一支自来水笔。揩去泥垢，这笔还几乎完好。拔出笔套，有人认出是派克金笔。

"看客"们失望地散去。因为没有金银珠宝，也没找到"地雷"什么的。

原　点

"寻找"或许是一个更有吸引力的主题，他知道这里边至少是有悬念，有推进过程。这是通俗小说常用的套路。其实，有些纯文学作家也喜欢布设这种情节链，甚至也会来点悬疑手法。譬如，索尔·贝娄的名篇《寻找格林先生》和《贡萨加诗稿》都是这样奔着某个目标而去——前者寻找某个居无定所的小人物，后者寻找传说中的一部佚稿。尽管，找到后来往往是一无所获，但"寻找"作为主体在场（presence）的动作标识，本身就是先于其他一切事物的存在。一无所获并非毫无结果，学者们看来，那很可能是一种有趣的解构，是小说家挑战逻各斯中心主义（logocentrism）的绝招。

不过在通俗作家那儿，"寻找"总是在知识万花筒里变幻路径。如今大红大紫的丹·布朗就很会玩这一套，很善于隐匿"寻找"的目标。在早先的《达芬奇密码》和新近的《失落的秘符》中，都是借由某种密码或是古代的铭文、表记设置种种迷雾，故事每推进一步都要借助密码学、语源学或是涉及古代宗教的什么学问去抽丝剥茧，找到游戏通关的密钥。这些林林总总的知识背景恰恰构成了"逻各斯"的气场。作为哈佛大学的密码学专家的主人公，其实只是一种炫耀学问的身份符号。这事情当然不怕炫耀不怕卖弄，公众崇拜的就是知识精英的话语权利。

他看出，丹·布朗似乎又想超越"逻各斯"的目标，无论是寻找圣杯或是寻找所谓"古代奥义"，最终都是一个多少具有颠覆性的结果。兰登教授找到的圣杯并不是耶稣在最后的晚餐中使用的那只杯子，而是一种符号，一个隐喻，实际上是指基督教的女性传承谱系。而所谓"古代奥义"，找到后来竟是《圣经》，甚至还包容了伊斯兰教、犹太教、印度教和佛教等其他宗教典籍的"大道真言"。他记不得哪部中国武侠小说中，江湖上各派都在寻找一部传说中的武功秘籍，结果最后找到的是"仁义"二字。真是大象无形，大道无术。从所谓政治正确到拟象和谐社会，从共济会的"万教归一"到儒家社会主义，而今这"东方智慧"早已跟后现代的"捣浆糊"搅成了一团。

在《失落的秘符》中，兰登教授在国会大厦地下室找到的那座小金字塔是一个关键物件，正是那上面的密码指引着通向"古代奥义"的路径。他在想，如果一层层密码破译下去，闯过一关又一关，而最后那组图符指向的目标正是带有初始密码的小金字塔，那就有趣了。回到原点——世界上许多事情不都是这样吗？

什么事儿

那年春天，他妻子去利兹大学参加哈罗德·品特的研讨会，硬把他也拽去了。他不懂英语，坐在那儿很无聊，却又不敢独自上街。不过也有收获，三天会议期间看了品特的两出独幕剧。主办者请来了品特的老朋友亨利·沃尔夫，《独白》就纯粹是这表演大师个人的炫技。在《房间》一剧中，沃尔夫扮演房东基德，其他演员都是利兹大学戏剧工作室的学生。演出的小剧场顶多百十个座位，观剧时座中鸦雀无声，他听不懂台词也不敢问身旁的妻子。《房间》一开场就呈现一个家庭场景，罗斯在那儿絮絮叨叨，说了好长一阵台词。伯特却一声不吭，只顾看报吃早餐，这人是个闷葫芦。他忽然有些莫名其妙的恐惧，那完全是一种直觉，好像场外有什么东西要吞噬这个房间。随着基德出场越发有些神秘兮兮的意思，又来了一对吵吵嚷嚷的小两口（不像是一般荒诞剧中的入侵者，可不知道他们在说什么）……从头到尾，每一个情景都让人惴惴不安，好像随时都可能发生什么事儿，他知道更多的故事不在这房间里边，黑人赖利来找罗斯似乎又带来了不祥的信号。

戏剧场景里有许多日常生活的谜团，故事之外的故事往往无从解读。有一天，他走过一座过街天桥，擦肩而过的一个女孩冲着手机嚷嚷——"你这叫什么事儿！"说着就把手机扔到桥下去了。什么事儿？没人知道。

大人的事情

　　终于有一天，孟师傅不再捧着茶缸回家了。楼道里依然传来"爹爹回来哩"的叫喊，却少了往日的欢声笑语。一九六五年初，"四清"运动已经从农村搞到城市，干部职工的"多吃多占"成了打击目标，食堂不敢让员工把剩菜带回家了。

　　按那时上纲上线的思路，"多吃多占"不啻就是贪污盗窃。疗养院里每个职工都要自查，这种人人过关的事儿，在以后的岁月里他将会有许多亲身经历，那时候他只是隐约觉出母亲的焦虑。他父亲在疗养院做总务科长，有大量机会接触公家财物，科里一个副科长已被揭发有"贪污"行为，这事情让母亲心生警觉。每天晚饭后，父亲进了里屋，靠在床头拉京胡。母亲收拾好碗筷也进去了。兴致盎然的西皮流水戛然而止，门缝里透出母亲的唠叨。父亲一向少言寡语，从不跟母亲争吵。耳边的聒聒不休似乎并不惊扰那份自闭的心境，有时会不咸不淡地甩出一句："你有完没完？"然后，京胡又咿咿呀呀响起，拉着拉着还要唱上两句：你若是说不清来道不明，要想开城万不能……

他还不懂大人世界里的许多事情，或者说许多事情他还不想弄懂。可是，缄默与追问毕竟造成了一种让人忐忑不安的气氛。有一次母亲又在盘问一桩什么事儿，沉默良久的父亲总算开口了："你有完没完，是我贪污的行了吧？"这话透过门缝钻到耳中，他顿时就蒙了。他竟听不出那是一句反话，心里很害怕，总担心着会发生什么事情。

错　位

《心是孤独的猎手》

他很喜欢卡森·麦卡勒斯的《心是孤独的猎手》。毕竟是女作家的手笔，女孩米克写得太有女孩味儿了，而聋哑人辛格又是那么仁爱那么静如止水那么酷得不可思议，以至许多人以为那是一本凄婉的小资读物。其实，书中那些若即若离的人物关系，那些若隐若现的情感触须，早已逾出私人话语的边际。可是公众的兴奋点又在哪里呢？人心疏离自是公共话语的缺失。随着故事零零散散地拓开叙述视角，他发现书里每个人都是一个隐秘的世界，似乎谁也搞不懂谁。

孤独的声音并不只是内心的喟叹。他掩卷沉思，这当儿他往往会想象着自己在镜子里的模样。如果说，孤独出于上帝的漠视，那就不妨更多表现为无处不在的愤争和街头呐喊。贫困的焦虑，成长的困扰，种族与阶级矛盾……这些都在麦卡勒斯笔下一股脑儿倾泻出来。她写深怀使命感的黑人医生考普兰德，如何为黑人民权事业奔走呼告，为同胞的苦难捶胸顿足；她写工运分子杰克，揣着马克思的书四处流浪，喝一口葡萄酒都琢磨着酒滴中的剩余价值；还有咖啡馆老板比夫，一个庸庸碌碌而颇具江湖道义的怪人，每日里都在打探天底下的大事小事。

比夫暗恋着女孩米克，而米克钟情于哑巴辛格，辛格的心思却在另一个哑巴安东尼帕罗斯身上。全都是一种错位关系。工运活动家与黑人领袖也没能谈到一起，辛格一死，人们之间的纽带就消失了。辛格算是一个象征，意味着诉说与倾听的虚妄。

父亲的菜园

其实，那些年父亲一直在跟泥土打交道——起初是侍弄花草，后来干脆种菜了。总务科下边管着一处花圃，那些花卉用于疗养院各处厅堂装饰，不知什么原因父亲就整天耗在那儿。后来听母亲说，老头子受院长排挤，只能去坐冷板凳。他不太相信这说法。父亲虽倔，本性却是与世无争，做花匠做菜农至少有他喜欢做的成分，至少不是人家把他撵出办公室的。也许真的是不喜欢坐在那儿，他识字不多（勉强能看报纸），坐在写字台后边能干什么呢？父亲年轻时就是农民。

花圃有一个玻璃暖房，他很喜欢去那儿玩，里边的奇花异木让他长了许多见识。后来暖房成了培育食用菌的场地，仙人掌、龟背竹和各种盆景都没了。那已是困难时期，许多单位都搞起了"小开荒"的生产自救，这现成的花圃就成了院里的蔬菜基地。那儿原来有一亩半地，又在荒坡上开出了一亩。种菜的人手只是父亲和一个花匠，所以那几年他每天放学后都被叫去干活。担粪、浇水、培土、除虫……给番茄整枝打顶，给豇豆豌豆搭架引蔓，这些活儿他都干过。他看着父亲用竹篾编畚箕有些惊讶，那双结满硬茧的大手居然很灵巧，花圃里许多竹木农具都是父亲自己做的。在齐齐整整的苗床和菜畦之间，父亲荷担挥锄的身影给他留下了日后的记忆——除去"文革"中关了两年牛棚，老头子人生最后十年都是在那儿度过的。困难时期过去后，疗养院不再需要这个菜园子了（它规模太小），可是那年头还不能恢复花圃（花花草草是资产阶级情调），父亲依然在那儿种菜。

父亲带他干活从来没有"言传"，自己怎么做就让他跟着怎么做。只是有一次，他俩在地头歇息，父亲不知怎么来了兴致——教你做样东西。说着从旁边树上掰下一根新抽的枝条，剥开树皮做了一只吹哨，还用那玩意儿吹了一段"小白菜呀地里黄"的曲调。他觉得简直太神奇了。父亲费了口舌教他的事情唯有这一件，可惜他没学会。树皮太嫩了，沾手就破。

失败的男人

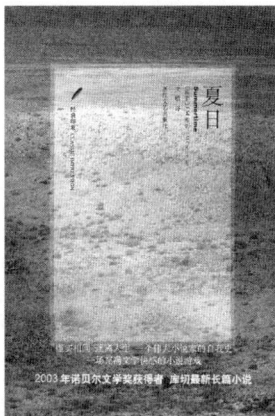

《夏日》

"约翰坐在那个阴郁小屋的游廊上编制着诗歌！他头上戴着贝雷帽，毫无疑问，肘边还摆着一杯酒。一群混血种小孩簇拥在他周围，不停地纠缠他。Wat maak oom? — Nee, oom maak gedigte.Op sy ou ramkiekie maak oom gedigte. Die wereld is ons woning nie...（先生在干什么？——先生在作诗。先生弹着破班卓琴作诗。这个世界不是我们待的地方……）"这是库切的自传体小说《夏日》中的一个场景——不是写实的场景，是库切的表姐玛戈特想象中的一幕。圣诞节库切家族在农庄聚会期间，库切开车带表姐去了荒凉的默韦维尔镇，打算要在那儿买房（那儿房价便宜），作为安置父亲和自己度假的地儿。在玛戈特看来，这个只会写诗的表弟真是满脑子的想入非非和不负责任。

一个辛酸的笑料。他在打印纸上写道。这种辛酸的笑料在那本书里还有很多。一九七〇年代初，正是库切人生最黯淡的岁月，年迈的父亲正在成为一种负担，而自己的事业尚在艰难起步。他意识到，库切的父亲既是一个真实形象，也是一个隐喻。老库切由于年轻时犯下的一个错误，此后永远成了一个失败的男人，就像当时的南非一样让人绝望。也许反过来说，国家也是父亲的隐喻。库切坦率地对玛戈特表示："我在这个从来就无法融入的国家能有什么未来？也许索性来一个干干净净的分手还更好些。"

一个失败的老爹，一个失败的国家。这就是库切面对的无奈之局。这个三十出头的男人跟老爹"蜗居"一处，自己未能独立就要背负起历史的包袱，想来是令人忧心的一幕。库切在《凶年纪事》中写道："我们生而就有归属，从出生的那一刻起，我们就是臣民。"这是就个人与国家的关系而言，至于儿子与父亲的关系也几乎是同样——由出生给定的身份具有不可选择的强制性。库切的文字里尽管有一种思忖的节制，无奈的语调中依然透着愤懑之慨。因为一切都是被动地承受，被臣民，被儿子，被历史化了……

他不由哑然失笑，怎么弄出这么别扭的字眼。这年头，无处不在的被动语态倒成了汉语发展趋势了。

月　月

　　疗养院宿舍区建成之前，他家在一处破败的平房里住过一阵。隔壁是一户姓龚的绍兴人，男的是水电工，女的好像是家庭妇女。龚家也有一大堆孩子，他只记得老大是男孩，叫月月，听上去像女孩名字。月月比他大三岁，他们成天混在一起。后来搬进家属新村，两家不在一幢楼里，他还跟着月月玩，许多孩子都跟在月月屁股后头。其实月月绝非人才出众，倒像是有些弱智，说话大舌头，脑袋上还生着瘌痢疮。之所以成为孩子王，主要是会玩耍，玩起来很疯，能玩出各种冒险的绝活儿。

　　现在说来都是"极限运动"。月月带着他们从大铁桥上往几十米落差的水里跳——没有什么跳水姿势，只是"插蜡烛"那样把身子插入水中。月月喜欢从高处降落的感觉，譬如团紧身子从坡上往下滚，看谁先滚到下边。还有玩跳伞，那回月月就从自家三楼窗台上往下跳。用的是普通油布伞，别人都不敢，只见月月高唱"起来，饥寒交迫的奴隶——"，握着伞柄纵身而下。那伞到底不管用，半空中就翻成喇叭状，着地时摔得吱哇乱叫。

江边有棵两三人合抱的银杏树，直溜溜足有三四层楼房高，月月问谁能爬上去，没人吱声。仰面看去，树冠以下几乎没有枝杈。月月噌噌噌地爬上去，就像一只壁虎在墙上蹿动，很快钻入浓荫之中。听得树巅上呜里哇啦传来《国际歌》，地上的孩子齐声喝彩，一个劲儿欢呼。可是老半天不见人下来，原来是下不来了。月月在树上开始大哭大喊，下边的孩子一哄而散。后来有人喊来月月的父亲，不知用什么办法才把他弄下来。他知道，月月回去免不了一通暴扁，龚师傅最头痛这儿子顽皮，读书不好。

龚师傅解放前曾在上海学手艺，说一口绍兴腔很重的上海话，虽说大字不识几个，嘴里时不时会蹦出几个洋词儿。比如，阀门叫"万儿"（valve），开关叫"斯威兹"（switch）。毕竟走过大码头，这人见识很广，知道要让儿子学文化而不是学手艺。这是一个未能遂心的愿望，结果儿子小学都没能毕业，也没学任何手艺。月月脑子好像是有点不够用，可是跑进山林野地里，知道的比谁都多。月月瓮声瓮气地跟他说，他最恨他父亲。一边哀叹自己命苦。现在想来有些奇怪，月月竟会用一些夸张的情感字眼。他会说心都碎了。他要反抗，旧世界打个落花流水……月月的反抗就是不读书。有时他想：月月究竟是脑子不够用，还是人们常说的"一根筋"？

泅水、摸鱼、攀岩、爬树、采野果子……这些都是月月教会他的，在家庭之外，可以说月月是他人生的第一个启蒙者。他还记得最初的一次，月月带他去砍野苋菜，那菜梗有胳膊那么粗，比他们人还高。长满尖刺的野苋菜看上去威风凛凛，有点像是亚利桑那荒漠中的仙人掌，这在他记忆中成了指向不明的符号。月月母亲把苋菜梗洗切后放在缸里腌制，那是龚家每日餐桌上的主菜。那时他们还住平房，腌菜缸就搁在两家后窗下，数日后缸里蠕动着一片蛆虫，他看见龚家女人拿着舀水的木勺细心地把蛆虫撇出去。

完美的世界

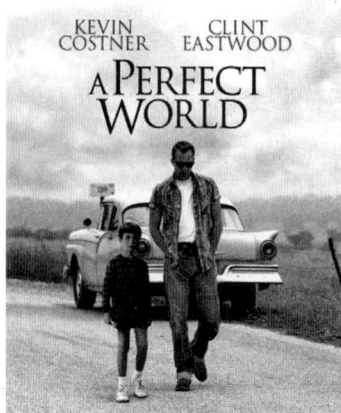

《完美的世界》

　　他总以为看文艺片很傻，可自己有时也会犯傻，或是装傻充愣扮清纯，那晚磕着开心果竟把凯文·科斯特纳主演的《完美的世界》从头到尾看了下来。光看封套上的剧情介绍，这片子绝对火爆，上手就是囚徒越狱，接着又绑架人质，又是午夜狂奔似的驾车逃窜，而警方这边则拉网追捕，犯罪学家和FBI联袂出击……瞧着一波接一波的热闹，谁能想到这根本就不是警匪片。

影片讲述的故事并不复杂，猫捉老鼠的警匪模式只是叙述的外壳，是借科斯特纳饰演的囚犯罗伯特·汉斯出逃的一路推进情节而已，真正重要的是主人公和被劫持的男孩菲利普之间情感关系的发展。显然，要不是遇上汉斯，菲利普注定是那种"小时缺钙，长大缺爱"的角色。这身体羸弱、性格内向的孩子自幼生长在单亲家庭中，在母亲过于严厉的管束下，一切童趣和个性都被压抑着，人家孩子满街闹腾万圣节，小菲利普只能老老实实在家里待着。倒是从牢狱里跑出来的汉斯让这孩子领受了从未有过的生活乐趣，给予一种类似父爱的呵护。劫持打破了日常羁束，劫持者施与的自由成了对固有秩序的莫大讽刺，显然这并非一桩"斯德哥尔摩综合症"案例。正是汉斯告诉孩子："在美国，你绝对有吃棉花糖坐过山车的权利！"他知道，一个成年男人跟一个小男孩的对话如果涉及到权利和义务，很可能包含人格启蒙的暗示。他最欣赏汉斯那句重复出现的台词——你自己决定，每当情势出现某种变化，人家总让孩子自己拿主意。

许多年前，少年犯科的汉斯以轻罪重判入狱，这般经历使他对社会和他者更有一种理解和被理解的渴念，而由于同样自幼缺少父爱，其心理需求很容易转化成一份责任。影片中有一个耐人寻味的细节：汉斯在快餐店跟女招待偷欢之际，不意从窗口瞥见孩子困惑的面庞，便抓过衣服起身而出——陡然意识到，这会使菲利普产生被疏离的感觉。这时候他俨然成了一个真正的父亲，而这种意识似乎也意味着劫持者的自我救赎，影片正是根据这个逻辑演绎着"完美的世界"。可是再看一路追捕的联邦侦探和州警，现实绝对冷酷，这世界不可能靠着犯傻的想象来维系，撕裂的人性没法用制度与秩序粘合成完美状态。

科斯特纳的表演从未让他失望，不用说早先一炮蹿红的《与狼共舞》，就连《保镖》那种烂片都能让人看上几遍，这哥们儿的演技确实不赖。除了男人的坚毅自信，除了那敏捷麻利的身姿，需要温情的时候科斯特纳总能给你露一手，这刚柔相济的分寸在《完美的世界》中更是拿捏得恰到好处。他收拾着满地的果壳，脑子里仍在回放汉斯跟黑人大妈翩翩起舞的镜头，胶木唱片哧啦哧啦的乐声一直在耳畔回旋……

关孙子与疯叔宝

他曾经说过月月的事儿，还有一件事也值得一提。月月会玩，不会打架，可是这哥们儿却总有一份行侠仗义的心肠，那回听说他们被人欺负了，竟要跟人家拼命。

那年刚搬入疗养院的家属新村，他家窗后是小学校。一个星期天，下过雨，他和几个小伙伴在操场边玩耍。修葺校舍时那儿搭了一个拌石灰的大木槽，一直没有拆除，里边积满了水。他们用纸叠的小船在水槽里模拟军舰开战，嘴里嘟嘟嘟地学着交火的枪炮声。这时一个比他大的男孩出现了。一张陌生面孔，头上戴一顶带护耳的棉帽，手里提着让人羡慕的长柄玩具大刀，另一只手里擎着一面小旗——其实只是竹棍上绑了一块素色手绢，上面用墨水画了一个带圈的"关"字。大男孩走过来，把大刀插在泥地里，小旗插到背上，从兜里掏出一只铁壳玩具船放进水里。那小船有螺旋桨，自己会噗噗噗地在水里走，他们几个目不转睛地盯着那玩意儿，都看傻了。

过了一会儿，这不速之客得意地收起自己的小船，操起那柄描着青龙偃月纹样的大刀往水槽里一通乱拍。眼看那些纸叠的军舰被拍得稀烂，他们几个大哭大喊。大男孩从背上拔出"关"字旗用力挥了几下，朝他们喝道："奶奶个熊，俺关云长水淹七军！"这威风凛凛的关老爷一下把人镇住，他们抹着眼泪不敢吱声了。就这工夫，月月出现了，不知是谁去把他叫来的。月月从家里偷出他老爸干活用的两把管子钳，双手舞着家什旋风似的扑了上来，嘴里一边嚷喊："娘杀的，老子秦叔宝铜打三州六府！"

关公一看斜刺里杀出一个疯叔宝，顿时慌了神，扔下小旗拖着大刀落荒而逃。这现实版的《关公战秦琼》让他深受教益，幸好这事儿在前。后来他从收音机里听过侯宝林、郭启儒那出相声，一点都不觉得发噱，抖个包袱也大费周折地掉书袋扯文化，听着让人心酸。过后，他们听说那大男孩是水泵房关老头的孙子，寒假刚从外地过来。后来好长时间里"关孙子"成了他们嘴边的笑料。

其实，文化就是语言与想象的"代入"。他们很早就在这种方程式里边来回折腾了。

出走之后

小时候，他和月月曾在悲抑无奈中离家出走，跑到山上游荡了一个晚上，因为那天他们都在家里挨揍了。在传统宗法社会里，饶是贾宝玉被打得死去活来也得忍着，他们倒是说走就走。月月说，哪里有压迫哪里就有反抗。现在，读着印度女作家阿兰达蒂·洛伊的《微物之神》，他又想起那桩犯傻的事儿……算

《微物之神》

了，不提也罢，他的故事不会比书上的更精彩。在洛伊的小说里，"出走"不仅埋下了故事契机，也是一个反抗性隐喻。

二十三年前那个暴雨乍歇的夜晚，年仅七岁的双胞胎兄

妹艾斯沙和瑞海儿跟大人玩了一手离家出走，他们还带上了从伦敦来的表姐苏菲默尔——恰克舅舅与白人前妻的女儿。孩子们悲愤的感受放大了事物本相（其实只是一点小事让心乱如麻的母亲训斥了一通），可是真正的大事儿却阴差阳错地撞上了。这个"反抗"的游戏寓意深长，其代价之惨痛足以成为一种历史记忆，当孩子们的小船驶近那个废圮的"历史之屋"，竟无意中踏入了一片禁区。透过年幼的逾越者羸弱的身影，人们窥见了另一对逾越者脆弱而渺小的命运。

苏菲默尔落水身亡就像打开了潘多拉盒子，释出想象与虚构，嫉恨与偏见。这个"亲英"的古老家族毫不迟疑地将贱民维鲁沙押上了祭坛，因为真正闯入禁区的逾越者是维鲁沙和双胞胎兄妹的母亲阿慕，一宗私情很快变成了谋杀证据。接下去的事情更是诡异，一桩并非事先策划的阴谋居然打理得熨熨帖帖，老处女宝宝克加玛，昏聩腐败的警方，还有工厂主恰克和左右工会运动的皮莱同志，所有互相钳制的各方势力迅速结成了共谋关系。这是喀拉拉邦民主运动与种姓制度的和谐社会，在历史和文学都已被商业征召的时代，传教士文化与草根传统合力打造着后殖民时期古怪的世道人心。

其实，挑战"爱的律法"并非多么有新意的主题，不同阶级或是不同种姓间的罗密欧与朱丽叶早已屡见不鲜。让他深感震撼的是回应挑战的家族势力和社会习俗，面对阿慕和维鲁沙隐秘的边缘人生，所有傻里傻气的角色一并嵌合成秩序的防火墙，这整合的魔力几乎是出于本能的生物性反应，简直令人不寒而栗。

洛伊的叙事手法相当别致，书中采用了一种少见的回旋式结构。开篇即从二十三年之后讲起，双胞胎兄妹重回故里不能不面对自己当年所扮演的角色，不能不一再回忆当时的每一个细节，时间的河流被切割成一个个记忆与幻觉的片断，这样重新归置到不断闪挪的情节之中自是放大了思忖的意味。当初他们在姑婆宝宝克加玛的教唆下向警方做了伪证，早晚要面对灵魂的自我拷问。但是，这里丝毫没有撕肝裂肺的描述，那些灵动的字里行间就连苦难也带有某种谐谑之趣，作者眼里的渺小就这样颠覆了崇高的法则。

何家女孩

　　他说不准那是哪一年的事儿，好像是一九六一年。突然，班上一个姓何的女生来找他，说她要退学了。其实他跟那女生素无交往，那时候男女生界限森严，说不上一句悄悄话，何况他俩还吵过嘴。那天晚上就在家门口拐出去的楼道里，昏暗的灯光下，女孩黯然神伤地转过脸，他看出真是来告别的意思。不过，主要是还他一本小人书。有次自修课，他脑袋扎在课桌里偷看《三国演义》连环画，她悄悄走过来一把就给没收了。人家是少先队大队委员，老师不在便是她管着班里纪律。他以为何委员早将没收的小人书上缴老师了，没想到却一直留在她自己手里。她说，到了老师手里你还会没事儿？

　　这女孩的父亲也在疗养院做事，是人事科的副科长。人事科科长是一老太太，身体不好，平日不大上班，科里的事儿是姓何的一把抓。印象中，何科长整日里板着一张瘦瘦的黑脸，家属区的孩子见了都有些怕怕。他和别的小孩去疗养院打乒乓球，撞上这姓何的，总是被掐着脖子拎出门外。他听母亲说，何科长党性强，凡事讲原则，工作上雷厉风行。何委员退学是由于父亲的缘故，因为正值困难时期，国家搞精简，动员一部分干部职工回乡务农，这何科长就身先士卒辞去了公职。

原先内定的名单上没有何科长。可是一开始谁都不吭声，上面指标压下来，人事部门眼看交不了差。关键时刻何科长的党性发挥作用了。榜样的力量果真力大无穷，他记得，自己父母也赶紧商量是否要迁回山东老家，按老爸的意思回家种地也未尝不可。不过很快就不提这事儿了，因为母亲想不通，母亲说好不容易出来革命了，怎么又要回到封建老窝里去（在老妈看来农村跟封建是画等号的）。那时老妈一门心思要求入党，又怕这事儿不听从组织召唤会影响不好，心里有些不安。何科长临走前上门找母亲谈话，作为党员干部最后一次履行对非党积极分子的职责（何在党内兼着机关支部的什么委员）。两个大人在屋里聊着，他进进出出耳朵里刮进了几句，语重心长的何科长反复强调一个意思："关键时刻就看出来了，你那个农民意识不是一天两天的问题，所以呀，千万不能放松改造……"

听母亲说，以前院长总爱批评他老爸摆脱不了"一头黄牛二亩地"的农民意识。现在老妈偏不愿回乡当农民，同样闹了个农民意识。那时候他还搞不懂革命队伍里这套话语系统的转换关系，以后自会慢慢明白。

院里搞了一个联欢会，欢送志愿回乡的干部职工。许多家属带着孩子去了，桌上摆了那年头难得一见的糖果和瓜子花生什么的。何科长和老婆戴着大红花并肩坐在台上，姓何的黑脸膛上大放光彩。当时他没注意何家的女孩在不在，只顾嚼着糖果跟别的孩子疯疯闹闹。何科长走的那天本来院里要派车送行，可人家死活不愿意，说不能占公家便宜。结果自己从乡里找来一辆带挂斗的拖拉机，拉上老婆孩子和一堆坛坛罐罐走了。何科长是本地人，老家就在江对面的西桥乡。

那天，听到外面敲锣打鼓，他从家里奔了出去，只见拖拉机晃晃悠悠拐出家属大院，车上何家三口挥手向送行的人们告别。不知怎么的，他突然甩开脚步追了上去，跟着拖拉机跑了好长一段路。跑过江边那棵老银杏树，他看见何委员扒在车斗后栏板上，整个儿把脑袋埋在手臂里。看样子她准是哭了。跑着跑着，他想起何委员说过，到了乡下家里就不

让她念书了，村里没有学校。他还想起什么？现在什么都想
不起来了。跑着跑着，感觉就像电影《白鬃野马》里那匹白
色骏马，在四野苍茫中踏水而去……

白老虎

《白老虎》

还是印度作家，当下是印度人在拯救日渐凋敝的文学。读阿拉文德·阿迪加的《白老虎》，他没觉得像某些评论说的那么"完美"和"震撼"，不过这部获得曼布克奖的小说确是写得很聪明，故事里有着犯傻、装傻和博傻的三重隐喻。

主人公巴尔拉姆，外号叫"白老虎"，原是企业家阿肖克的司机，三年前在新德里杀了自己的老板，携款逃亡班加罗尔开了一家出租汽车公司。现在，听说中国总理温家宝要来印度访问，巴尔拉姆在一周内不断地给总理阁下写信，讲述自己怎样从一个自幼辍学的打工仔成为企业家的人生经历。故事开篇刚要转入正题就扯出了那桩谋杀案，不过具体作案情形要到很晚才交代，因为话题不断岔开去——总是迫不及待地道出一些花花絮絮：从贫寒的家境到粗鄙的乡村生活，从服侍主人的各种细节到自己眼中的社会万象。对了，这是用第一人称讲述的故事。如今巴尔拉姆咸鱼翻身，由仆人摇身一变为主人，几乎是压抑不住那种成功人士的自鸣得意——他下一个目标就是房地产了，然后是办教育……然后，大概是要并购中石油或是哈药集团了。

对于"发展"这个话题巴尔拉姆自有独到见解，这家伙以自己的话语方式阐释一种如何出人头地的"创业精神"。其称"百分之九十九点九的印度人都被困在鸡笼里"，乃以奴性十足的"忠诚"维系着社会发展，书里扯到了许多这方面的事例，足以让读者更深切地认识印度国情。他觉得，这"鸡笼"的说法很妙，跟鲁迅所说的"铁屋子"似有异曲同工之趣。当然，巴尔拉姆不同于笼中的芸芸众生，这个"乡下老鼠"已是醒来的"老虎"，必然要挣脱宿命的牢笼。不言而喻，巴尔拉姆奉行的是一种变异的丛林法则：在这弱肉强食的世界里，弱者要改变自己命运只能吃定比自己要傻的强者，趁人家还没醒过神儿先把自己变成一头猛兽。这是一种让人不寒而栗的博弈，在这里，强／弱，主／仆，兽性／奴性，虔

诚 / 狡诈……一切都可能发生逆转。

这部书信体小说叙述了一个令人恐惧的主题，不过另一方面却充满了诙谐与自嘲的笔调，从头至尾读来相当轻松。用巴尔拉姆自己的话来说，他的讲述不妨称之《一个印度半吊子的自传》。不仅他本人是"半吊子"，整个印度社会都是"半生不熟"状态，既然大家都沿循着一种犯傻——装傻——博傻的逻辑，所以悖谬的笑料俯拾皆是。主人公饶舌的叙说恰与内在的严肃话语形成巨大张力，其间无疑深埋着一种忧思。

有一个问题他不太明白：为什么巴尔拉姆要给中国总理写信？他参悟不透这番"套瓷"有何实际意图。此人只是一个拥有二十六辆丰田 Qualis 的出租车公司小老板，绝非举足轻重的班加罗尔 IT 业巨头，中印政治经贸格局中怎么说也不会有他的位置。再则，信中如此陈述自己的犯罪事实，难道不怕中国人把他的事情抖落给印度警方？看来这家伙严重犯傻。他不知道这样来讨论一部小说是不是也有些犯傻，不过他注意到，主人公的自述通篇都是那副自信满满的口吻，完全不像是一个应该受谴责的角色。巴尔拉姆很骄傲地对收信人说："从我个人角度来说，我把自己看成是您的同类人。"

抓特务

那年头，电影和小人书里都在宣传英勇少年如何智擒美蒋特务什么的，学校还组织大家去少年宫参观过一个展览，那里边有不少从特务手里缴获的实物（他印象最深的是手枪、发报机和压缩饼干）。这很吸引他和月月，还有小裙子、大毛毛那帮捣蛋鬼。他们玩捉迷藏就分成了民兵与特务两拨，阶级斗争开始以游戏方式进入他们的日常生活。

过了暑假，新学期来了新的班主任，一个胸口别着团徽的男老师。这人姓赵，教算术和政治，讲起课来慢条斯理，却很有跳跃性。譬如，算术课多半会举抓特务的例子，在黑板上演算这样的例题："某地公安人员今年每月抓获美蒋特务一百五十人，是去年每月抓获的三倍少三十人，求去年每月抓获多少特务？"有女生傻傻问：怎么特务会越抓越多？赵老师接着这话茬便来劲了，从蒋介石反攻大陆扯到农村阶级斗争形势，从地富反坏搞破坏联系到落后学生逃学翘课……当然，扯开去又能扯回来，最后总是落到思想改造、组织纪律什么的。赵老师的政治课也很新鲜，动辄就是百分比呀增长率什么的，就像讲算术应用题似的。可是时间长了，讲来讲去把人惹出一身鸡皮疙瘩。其实，那时候学校教育的意识形态色彩还不像后来那么恶心。那是一九六〇年代初。

国庆节前夕，赵老师布置要搞一次主题班会，每个同学不但要挖挖自己的"落后思想"，还要检举他人违反纪律的事儿——所谓"抓思想上的特务"。这个"抓特务，迎国庆"的班会弄得人人心绪不宁。检讨自己还好说，反正大家从小就习惯了在自轻自贱中成长，难办的是要揭发他人，那就不啻将自己陷于不仁不义。私下里，男生都在核计怎么躲过这一劫，就连班长也觉得这事儿忒没面子。月月决定那天要逃学，他说不如上街抓特务去，躲过了班会说不定还真能逮住一个。小裆子、大毛毛他们都说这主意不错，抓思想上的特务总不如抓个真的特务来劲。于是大家击掌为誓，就这么决定了。

那天，他和月月一直在街上傻逛，看到陌生人就盯梢，简直看谁都像特务。虽说特务没逮着，可是想到那缺德的班会准也开不成了，心里都在偷着乐。可是他们错了，除了他俩，那天的班会没人缺席。小裆子和大毛毛还就把他俩作为

"思想上的特务"给供了出来。真没想到就这样让人给"卖"了，这是他至今犹记在心的一桩最傻的事情。第二天早上，算术课不上了，赵老师把全班同学领到操场上听校长训话。他战战兢兢地偷窥着尖鼻子校长凛然可怖的脸色，他和月月被叫到队列前面，那鸟喙似的鼻尖几乎啄到他们额头上了。

库切在《凶年纪事》里说到自己小时候跟班上同学一样都讨厌丁尼生的诗歌，也都不喜欢宗教活动，猜想别人也跟他一样采取逃避态度。后来才意识到自己"真是错得离谱"。库切总结说："只是在今天，在我生命的晚年，我才开始明白那些芸芸众生——尼采所说的能产生厌倦的高等动物——真的是很善于应付社会环境。他们不用易于激化矛盾的处事方式，而是放低自己的期望值。他们学会耐着性子应付事儿，让精神的机器放慢转速。他们浑浑噩噩；因为他们不介意沉溺于自己并不介意的厌倦之中。"（《说厌倦》）看到这段话，他一下就想起那个阴暗的早晨，那个游戏陷阱。

午后的阅读

有个问题他一直不解：八十年代的老左们为何将现实主义视为一种"政治正确"？难道现代主义不是更契合马克思主义的革命意图？他想起达达主义的诗人们，想起布莱希特和萨特……当然，如果不想玩革命，学学贝克特、罗伯－格里耶的花拳绣腿总可以吧，作为一种幻想的叙述并不妨碍现实秩序。照罗兰·巴特的说法，当时西方资产阶级社会早已种过了"先锋派的牛痘"，获得了"预防进步的免疫性"。当然，一九八〇年代的中国还没来得及接种"先锋派的牛痘"，因而在官方评论家眼中任何偏离现实主义的创作似乎都带有某种颠覆性。后来的变化证明那种担心完全多余，先锋派的技巧革命只是颠覆了公众的阅读习惯，丝毫没有煽动革命的意思。后来，那些牛皮哄哄的前卫小说家很快就被招安了。

午后的微风里有一种丝丝拂面的感觉，他坐在河畔长椅上读贡巴尼翁的《反现代派》，一边想着那些文坛往事，真是"二十余年如一梦，此身虽在堪惊"。当年的唇枪舌剑都是何苦来着，可笑的是朝廷和江湖都误打误撞地陷入了那个"无物之阵"。贡氏的书里详尽阐述罗兰·巴特对先锋文学的怀疑与

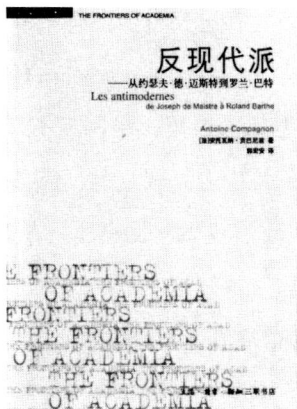

《反现代派》

警觉：前卫作家如何成了小资们的文化消遣，如何充当官方精神的供应商……那时候，他们还傻兮兮地以为现代主义召来了一帮自由使徒，甚至像普罗米修斯那样给人们盗来了火种。可是谁也没有想到，几年之后情形大变。消费主义时代的文化战略完全可以撇开问题与主义，经由出版商、主流媒体、茅盾奖和"打造文化大省"口号的合力包装，各种宏大叙事和怪力乱神纷纷盛装登场……

后来的事情已是见多不怪，怎么写不再是一个政治问题了，甚至有时候写什么都变得不重要了。当然，"遵命文学"依然大行其道，只是"遵命"的含义早已今非昔比，写作本

身往往已是遵命而行——大国崛起之际亟需打造云蒸霞蔚的人文气象。其实，站在官方立场上看，小说远离现实倒不失为一种妙策，中国有五千年的历史可写，还可以从梦魇和幻境中去无限复制，何必非要在现实生活里找茬儿。如今的"政治正确"倒也不妨是怪力乱神，人家"八〇后"、"九〇后"就好这一口——从《哈利波特》到《幻城》、《鬼吹灯》、《盗墓笔记》什么的，离开爹妈的世界越远越好。当年的老左是歇菜了，要不然一个个准该傻眼，跟这世界反差也忒大了。

这是文学史的一个重大转折。旧日的话语分崩离析，似乎也印证着阅读能力的极度退化，当初那些颇具杀伤力的说法，什么"调子阴暗"、"脱离现实"乃至"反对四项基本原则"之类，现在都拿不出手了。现在不再有微言大义的文本解读，文本抽象为语词，批判变成了屏蔽，现在的手段是锁定一系列敏感的关键词。这一招跟国际反恐战争中的信息监控如出一辙。他想起《凶年纪事》里的一段话，库切在评论美、澳等国的反恐法案时不无讥嘲地指出："那些信息行家忘记了诗与诗意，那里面的文辞可能与词典上的解释大相径庭，那里面隐喻的火花是永远超越解码功能的，还有，那里面有着永远无法预测的阅读的可能性。"（《论恐怖主义》）既然枯萎的意识形态只能将一切异端定义为恐怖主义，他想，这世界恐怕就永无宁日了。他颇有心得地在库切书上写下一句话，那是套用马克思的一个说法：解码的工具不能代替工具的解码。

小褂子

　　小褂子的父亲是疗养院的司机，驾驶一辆敞篷的美式中吉普，每天进城为食堂采购食品，有时也替总务科跑腿。疗养院距离市区有十几公里，中吉普进城每回都捎上一堆人，大多是院里的职工。小褂子和大毛毛也经常跟着褂爹去城里兜风，兴高采烈地挤在副驾驶座上。偶尔，他们会把他喊上，不过只能让他跟搭车的大人们坐在车厢后座。

　　行车一路上，小褂子总是说个不停，一会儿自言自语，一会儿跟大毛毛抬杠。他俩经常会讨论这样一些问题：狗和狼有什么区别，鱼在水里为什么不会憋死，鸡有翅膀怎么飞不起来……你不知道这家伙真是不懂，还是在卖弄噱头。小褂子动不动还会出个难题考考别人，"听好了……你们谁能说出……"他不喜欢小褂子说话的腔调，却也说不出为什么不喜欢。那时候他就捉摸不透这哥们儿，就像现在根本看不清人民币要涨还是要跌。

小裆子从不怯生，看到车后边那些大人就来劲了，总要给人出题目。你们谁能回答这个问题，汽车在进城的路上开到一半……小裆子突然话锋一转，"咱们换个说法，从本市到北京的铁路里程是一千六百多公里，一列火车从本市出发，行驶了八百公里后，请问它在哪里？"大毛毛刚要开口让他踹了一脚。有人问是不是在济南？小裆子说错。另一个人说是蚌埠，还有人问是不是徐州。听笑声就知道不对。遇上这类智力题，他是从来不敢吱声。只听得一车人七嘴八舌地讨问："那么是在哪里？"小裆子这才得意扬扬地抖开了包袱："在路上啊。"说完回头瞧着别人一脸茫然，自己哈哈大笑。用现在的说法，这叫脑筋急转弯，可那时候大人们脑子都是不转弯的，倒觉得这孩子有点傻。

他知道，小裆子一点不傻。裆爹也总说自己儿子聪明。如今，差不多半个世纪过去了，裆爹早已走了。听大毛毛说，裆爹缠绵病榻两年之久，临终之前脑子很清楚，给儿子交代完后事还出了一道题："你知道，世界上死亡率最高的地方在哪里？"守在床边的儿子脱口而出："在床上啊。"听到回答老头儿当场就咽气了。

现在退休的小裆子每天在家抱孙子、看电视。最喜欢看电视里的相亲节目。那天晚上打电话来，急三火四地叫他打开电视机，他以为又是哪儿发生地震或是"九·一一"那种飞机撞楼的大事儿。却见屏幕上排着一溜儿美女一溜儿帅哥，主持人一脸坏笑地忽悠着那些男女嘉宾。"看到那拿话筒穿紫色裙子那女的吗？"小褂子说，"这小娘们儿总让人家晒存款哟，想把她娶进门，猜猜看，你得有多少钱？"真拿这家伙没办法，这等俗不可耐的节目还如此津津乐道，他哼了一声，颇有些好奇地问："身家过亿？"电话那头一阵狂笑："回答错，扣十分。想想不用花钱，你尽管想。"

尽管想——他突然意识到，只有这儿才是一个不设门槛，没有任何准入制度的世界。

狩猎者

风树寒泉，空山魅影。泥沙湮埋了崖下的石罅，荒草里藏着儿时的记忆。

那时候疗养院附近山里有野兽，有黄麂、野猪、野兔什么的，还有豹子。有一年秋天，院长老婆就在后山打过一只豹子，那天让人抬到院里，引得围观者人山人海。院长老婆是护士长，矮胖身材，黑麻脸。这女人从不上班，白天戴着墨镜和遮阳帽在河边钓鱼，晚上掮一柄双筒猎枪到山上转悠。

喜欢打猎的不止院长老婆一人，司机小孔和膳食科老费也好这一口。他俩是复员军人，玩枪自是行家里手。有一阵乡里农户发现大王岭上有华南虎，有人带小孔他们去山上察看过老虎足印和粪便。小孔跟院长老婆说了这事儿，想邀她一起猎虎，说是担心自己和老费两人对付不了那个大家伙。那时尚无动物保护一说，上山打虎算是为民除害。可院长老

婆不干，嘴上说得挺客气（她对谁都很随和）。我一个女人家家的，弄不好得拖累你们大伙儿。

每到周六晚上，小孔和老费便在大王岭上转悠，一连数月坚持不懈。一天深夜，他们在一处山垭蹲守。据说那是老虎巡山之路。总算远远地看见前边晃动着荧荧发亮的两个光斑，老费一激动差点喊出声了，被小孔一把摁住。那光斑想来就是炯炯有神的虎眸，小孔本想等它靠近了再开枪，可老费却按捺不住扣动了扳机。一枪过去，对面却是一声惨叫。原来那边也是两个狩猎者。老费射中前边一人箍在脑门上的探灯，可谓一枪毙命。接着就听见院长老婆呼天喊地的叫唤，被打死的是给她作向导的农户，就是发现老虎那人。这意外的惨剧让老费蹲了监狱，小孔也在局子里关了一阵。

出了事故，院长老婆不再夜间出猎了，改作白天上山。白天只能打些野雉和兔子。起先她养了一条草狗，枪一响便让狗去寻觅猎物。可那毕竟不是正经猎犬，有时偏指挥不动。后来，干脆找来一些孩子给她干这事儿，每次上山就像是学校搞夏令营，身后跟着一大帮孩子。小褂子是那帮"猎僮"（有这说法吗？姑且这么说吧）的头儿，吆吆喝喝干得挺来劲。寒假里，他被小褂子拉进了院长老婆的狩猎队。他们跟着那女人在山里走呀走呀，走得两脚发麻，还不许嚷嚷出声。

走累了，院长老婆会掏出糖果分给大家，她身上吊一个沉甸甸的背囊，里边全是好吃的。等这女人枪一响，不用吩咐，"猎僮"们便撒腿扑了出去，就像七八条猎犬蹿进灌木丛去找寻猎物。她几乎弹无虚发，所以枪一响大家都很兴奋。谁提着猎物跑回来，她会奖赏一根香蕉或是一个梨。可是，有一次枪响之后，大家明明看见被击中的角雉扑棱棱掠过一株高大的冷杉，坠入山脚的阔叶林，可是跑过去找了半天，谁都没发现猎物。倒也看不出院长老婆是否有些扫兴，她拍拍手集合起队伍，带着大家转移别处去了。

　　晚上，小褂子把他带到白天那片阔叶林中，从岩石罅隙里找出中弹的角雉。原来这小子把它藏起来了，还用树叶在上面作了伪装。小褂子身上带着家什，到溪涧里把野鸡剖洗干净，兴高采烈地燃起了篝火……满天都是月亮的清辉，两个孩子在地上又唱又跳。一顿野味烧烤给他留下了永久的记忆，那是他跟小褂子童年生活中最最开心的一幕。从那以后，院长老婆竟不再打猎了。她换了一副新钓竿，每天独自去河边钓鱼。

乙集　世界

故事里的故事

故事一：地下党阿四去茶楼跟特派员接头，暗语是两句宋诗，对方先说"桃李春风一杯酒"，他回道"江湖夜雨十年灯"。对上了，特派员侧身去掏衣兜，应该是拿烟盒，不料掏出iPhone 手机来。阿四还在发愣，特派员自己——不等埋伏的暗探一哄而上，却已倒在地上。导演叫停，摄影没听见，轨道机摇臂还在窗外晃个不停。这时，对面窗口的狙击手放下枪，点上烟，来两句西皮摇板——将身且坐宝帐等，马谡回来问斩刑。

故事二：从地铁口下去时，他还在想着那个奇怪的中毒病例，想到不妨加大碳酸氢钠剂量，便拿出手机。这当儿信号就没了，又突然停电。一刹时中很寂然。这让他想起阿 Q 向吴妈求爱的一刹时，满世界的寂然，遮蔽了未庄人的众声喧哗。几秒钟过后，果然人声鼎沸，都在骂娘。又过了几秒钟，来电了，大概启动了备用电源。有人不知怎么喊了一嗓子，不明真相的群众呼呼啦啦都往上边跑，跑上去才知道，原来是反恐演习。

故事三：四床送来时插满了导管，跟着进来一帮医生护士。一床二床面面相觑，怎么回事？过一会儿，人都撤了，她俩马上凑过去。陪护的是一中年男子，满口乡下土话，说他老姐食物中毒，刚做了手术。食物中毒搞这阵势？"没准吞农药了，"一床说，"农村人啥事想不开就喝农药。"两女人回到自己床上继续讨论，一床剥开柚子掰两瓣给二床。准是男人进城打工泡上哪个发廊妹，这就要寻死觅活。要不她老公怎么不来？二床说不至于那么想不开吧，男方出点状况也正常，女的干吗不找自己的相好？那意思是人家不像你这般小资兮兮，成天惦着爱不爱的。一床怔怔地看着窗外的塔吊说，现在男人都进城了，她去谁家找快活？二床一怔，然后扑哧大笑，把果肉喷得满床都是。

故事四：不是所有的小资女都惦着"夜半无人私语时"，不是所有的地铁站都搞反恐演习，不是所有的特派员都那么不经折腾……阿七在包厢里等人，自己先喝上了。导演让他去第二摄制组是什么意思？T恤上印着LOST的女人怎么还在楼下？不是所有的盒饭都有问题吧，别人怎么没事？阿四说对了，这家屌丝馆子糟熘海参是一绝，不是所有的……

张小资

嗨！张小资。他在街上遇见这老同学，不由大喊大叫。好久不见，这女孩变得更有范儿了，说话有腔有调的，甩着手里的 H&M 购物袋叽咕个不停。说是给他发过几十条短信，从去年平安夜到今年复活节……她刚去过喀纳斯湖。你不请我喝一杯？于是他俩进了旁边的万国大厦，他知道七楼有一家蛮有格调的咖啡厅。谁知张小资一进去就要酒。雷伯五号，不加冰块。他要了一杯拿铁，咖啡上来的时候张小资已经从喀纳斯说到圣彼得堡了。穿过阿尼奇科夫桥，沿着涅瓦河走呀走呀……别跟我提艾尔米塔什，那都不重要，第一眼瞥见波罗的海浪花，你会想到什么？彼得一世的建国大业，列宁的建党伟业——waiter 再来一杯！——还是肖斯塔科维奇的乡村别业？

他想到陀思妥耶夫斯基笔下的尼古拉·斯塔夫罗金……

对于这女孩，他从未动过什么心思，不过总会有一种莫名其妙的感觉。他想起十几年前他们刚大学毕业时，张小资赌咒发誓说要做改变中国的人物，听着把人吓一跳（燕雀安知鸿鹄之志）。甭管是要建党还是建国，此女反正是不愁吃喝的主儿，就怕生活里没有大风大浪，那时候一脑门子格瓦拉和蒙面骑士马科斯。中国没处去打游击，只能搞搞乡村实验田野调查什么的，她跟着几个新锐学者下去混了一年半载，组织村里老头老太唱歌跳舞赛诗会什么的。搞怪！农村的局面他太清楚了，他自己就是农家子弟，现在被人称作凤凰男，其实现在乌鸦麻雀都往城里飞，让一堆老弱病残折腾新乡村建设？她在乡下怎样一副蓬头垢面模样，他想象不出，这回她绝口不提当年的事儿，从俄罗斯又扯到尼加拉瓜了。那话怎么说来着，我奋斗了十八年才和你坐到一起喝咖啡。其实难得坐到一起，人家满世界寻找革命，他却整日憋在写字楼里打拼搵食。不光是他，他们这班同学都很现实，多半去了房地产公司，如今不少都成了公司高管，成天陪局长处长们桑拿按摩。

N杯威士忌落肚，张小资越发天马行空。他都听糊涂了，搞不清她说的是喀纳斯湖还是尼加拉瓜湖，两拨人在湖畔别墅会谈，重新定义国家与革命。又是午夜凶铃，倩女离魂。

戏中有戏。她跟老奥的助手是什么关系？不会是有一腿吧？念头一闪，他立马觉得自己特别猥琐，自己能想到的都很俗，可这年头没有不俗的事儿。张小资比早先真是历练多了，说话满嘴经典台词。产业空心化，农村空巢化，物业空置化，精神空虚化。她说国内的事情就是莫名其妙："四化"搞了几十年还是四大皆空。你们这些凤凰男该负起点责任，她戳着他脑门说，中国的事情就担在一些不负责任的男人手里，一半是官二代，一半是凤凰男。这腔调让他想起自己老妈，可老妈只唠叨自己家里事，只会数落老爸和他哥儿几个。

远处飘来电视剧里"我真的还想再活五百年"的歌声。脚步趔趄的张小资出了电梯还在骂骂咧咧，他再活五百年，还让不让别人活了？他替张小资拎着购物袋，瞥一眼里边的廉价衣服，心想过去她穿的不是 Prada 就是什么 Versus，如今怎么也玩起了快时尚？

张小资上了出租车，回头朝他大吼，别老是小资小资地叫我，中国早就无小资了！

尼采如是说

一八七〇年，不满二十六岁的尼采被巴塞尔大学聘为正教授，讲授古典语言学和希腊戏剧，座下最多时有十二名学生。其时学院派的"反刍类"正忙于从日耳曼东进历史中发掘披荆斩棘的光荣叙事，学术和教育在合力打造国家意识形态的神圣谎言，所谓"庸人理想"快速发酵。少年得志的尼采未有得意之日，校园生涯竟如楚泽行吟。正是那一年，德国人在普法战争中赢了法国人，普鲁士国王威廉一世成了统一的德意志帝国皇帝，轰轰烈烈的登基大礼故意摆到了巴黎郊外的凡尔赛宫。俾斯麦的大国崛起真是风光无限，朝野上下一时欣喜若狂。照尼采说来，一八七〇年代的德国像是患了"民族官能神经病"。

后来，尼采说"早在我二十六岁时，我就怀疑德国人的性格"。后来，他在一系列论著中还不断抨击德国人引以自豪的教育体制和文化现状。从一八七三年开始的几年内，尼采撰写了《不合时宜的观察》四篇论著，其中第二篇即《历史对于人生的利弊》，针对盛极一时的好古之风，提出历史教育对人生是"有利"还是"有害"的问题。他嘲讽现代人重知识而不重人格，人人拖着一大堆消化不了的"知识石块"，弄得内外相悖，知行分离。他还认为德国的史学不啻是促进时代妄想症，甚而将历史搞成了"永久的隐身神学"。当然，许多问题要追究到黑格尔的历史观，人们对于成功的崇拜几乎成了一种顽疾，他愤然指责那些在"历史的威力"面前折腰点头的德国人——"就像中国人机械地向每个威力都点头称'是'，不管这威力是一个政府，是一个舆论，或是一个大多数"。

骂了自己的同胞，转过来又拿中国人开涮，这尼采也是个逮谁灭谁的主儿。其实，他未必知晓一八七〇年代的中国是何等状况。"同治中兴"已从中兴走向末路，䆒来了知识主义的儒学复兴把三坟五典八索九丘玩了个底掉，士大夫重温古典荣耀之际，庞大的帝国已是病入膏肓。

苍苔断碑，记忆犹在。当日曾国藩刊布《劝学篇示直隶士子》，左宗棠马不卸鞍地转战陕甘；王闿运致函出使英伦的郭嵩焘，俾其如何在彼邦传授孔教……

弄堂口老倪

　　弄堂口老倪年前就说股市要跌，果真开年火爆了几日便迎头遇上"黑色星期二"。他在拐角公园里摆棋摊兼摆龙门阵，从"春晚"说到伊朗核问题，治理交通拥堵啦，马英九公务费啦，这草根观察家大事小事自有高见，唯称楼市让人看不透。他几年前就说过，别看现在事事都讲文凭，"读书无用论"早晚还会找上门来。几年前发出这样的预言很是耸人听闻，现在倒是有些应验了似的，至少许多人注意到这个问题了——在 Google 上输入"读书无用论"几个字竟能搜索到一百四十多万条信息，这个数字有点惊人（似乎更为社会关注的"看病难"仅搜得三十九万多条）。

　　年后电视里纷纷报道各地企业招工难，与此形成鲜明对照的则是大学毕业生就业难。当许多大学生开始"零工资"就业时，沿海各地普通劳动力已向月薪两千的价位逼近，而技工更是刚出校门的大学生没法比了。这般局面自然让人觉得好大一笔教育投资打了水漂，那些砸锅卖铁供子女上学的贫困人家准该吐血不止。老倪说这一步早该料到的，二路夹车炮，不死也活不了，几年前的大学扩招弄得如今人才市场全线吃紧，在他看来扩招就等于新股涌入稀释了股价。卑者无甚高论，草根庶民从来凭常识常理讨论国计民生，眼见到处圈地搞大学城就知道不是好事，莫非中国的白领职位比蓝领还多了去了，初级阶段没那么夸张吧，不就是世界工厂么，一时半会儿还搞不成世界 Office……

当然，按照那种普及高等教育的思路，没有道理认为大学生只能坐办公室做白领工作，下基层去西部做工务农都大有前途，建设新农村正需要有知识有文化的年轻人。是啊，大道理都没错，三十年前老倪就知道广阔天地大有作为，三十年前的事儿还都历历在目。一脸沧桑的老倪也曾在广阔天地里打拼多年，至今说话还是一副"我们贫下中农"的腔调，那豁达、历练的神情背后有着太多的内容，民间的才情和睿智，人生的失意和悲凉……当年返城后他没上大学，这是他一直后悔不已的事情，好在他那宝贝儿子替他还了那份心愿，好在儿子毕业时找工作还不像现在这么难。可是在他看来，读了大学的儿子实际上也不见得比他多读几本书，那小子学的是金融管理却是一门心思玩健身，来往都是一帮肌肉男和柴禾妞。他思忖，"读书无用论"的"读书"二字该怎么说来着，是指文凭还是阅读呢？

在儿子看来，这老爸绝对缺乏情趣，到现在还在听邓丽君和罗大佑，到现在还梳个二分头，到现在还在日记本上写日记，人家早都博客了，他还捧着《隋唐演义》和什么《路易·波拿巴的雾月十八日》看个没完。马克思那段话老头儿背得滚瓜烂熟，饭桌上纵论天下大势自是出口成章："黑格尔在某个地方说过，一切伟大的世界历史事变和人物，可以说都出现两次，他忘记补充一点：第一次是作为悲剧出现，第二次……"说到这，儿子总是抢白道："知道啦，第二次就是周星驰了！"

韦伯的踌躇

在链霉素和异烟肼发明之前，肺病几乎就是绝症。一九二〇年，五十六岁的马克斯·韦伯患上肺炎便是一病不起，他来到慕尼黑大学只讲授了几个月的社会经济史，带着对政治和学术的双重关切遽然而去。赍志没地，长怀无已，也许终其一生他也未能逮住把握自己"生命之弦"的魔鬼，但是他从人类未

马克斯·韦伯

曾间断的"除魅"（disenchantment）过程中看到了价值分裂的危险，清醒地预见日益理性化的生命秩序终将迎来黑暗笼罩的冰冷长夜。

作为社会学家、经济学家和历史学家，韦伯留给后人

的精神遗产堪称丰厚，几乎是全方位涉及各种社会组织形态——教会、国家、政党、军队、行会、社区、学校、家庭……而制度与管理的现实危机永远是他最关注的课题。他不是那种闭门书斋的学问家，心里总是揣着一大堆实际问题，更有参政议政的抱负。面对当日的工业化变革，他祈望德国真正成为一个强势国家，那强烈的民族主义冲动幸而未蹈入国家意志至上的境地。他在想，后俾斯麦时期愈益暴露的官僚文化的后遗症实在是一大堆麻烦，当生命本体完全落入理性主义的桎梏之中，如何从理性的角度去证明理性本身的正当性呢？

一九〇四年，韦伯赴美国进行四个月的社会考察。纽约的摩天大楼，芝加哥的机械化大生产，蜂拥而至的大众文化……新大陆向他展示的西方文明的未来景象简直让他晕菜，也许那会儿心里就落下了"老欧洲"的阴影。可是，科学的有效性和一切技术优长并未颠覆他心目中古典自由主义的价值理想，说到底他不喜欢美国。韦伯刚来慕尼黑大学时作过一次题为《以学术为业》的演说，对德国大学"变得日益美国化"的趋势颇感担忧，在他看来那种"大型的资本主义式的大学企业"实在有悖于坚守独立思考的学术传统。他用嘲讽的口吻批评当时的大学扩招，"现在的情况是，我们的大学，尤其是规模较小的大学，都十分荒唐地热衷于竞相招徕学生。大学城里的房东们用节庆方式迎接上千名学生的到来，如果是两千名学生，甚至乐意为他们举行一次火炬游行……"

不曾想，如今这已是全球性景观，据说慕尼黑大学在校学生就有七万之众。

"捡破烂的"

　　早晨，不知有多少捎着画板拎着画具箱的男孩女孩拥进了地铁二号线，站台里挤挤挨挨的全是人，自动售票机前早已围得水泄不通。驶往浦东张江的列车平时人不多，这下却挤得没感觉了。到终点站，蠕动的人群费劲地从检票口挣扎出来，一会儿就变成汹涌之流，漫过高科技园区齐齐整整的街道，涌向左近的一所美术学院。这天是该校专业招生考试的日子，多如过江之鲫的各地考生一齐把艺术的梦想活生生地塞进考场。人山人海的校门口，那些陪同而来的家长再三再四地叮嘱着自己的孩子，要注意什么，别忘了什么，遇到什么情况该想到什么。心浮气躁的孩子们这会儿根本听不进爹妈啰嗦些什么，终于忍不住地嚷嚷起来，"哎呀呀……别烦了好不好，怎么画你们又不懂的"。一个女孩嚼着口香糖，噼里啪啦地翻着一本素描画册，抓紧最后一点时间把书上的石膏画像再瞄一眼。一个刚刚走到的男孩揩着满脑袋的汗珠，掏出手机跟同伴联络："你们怎么还在那儿磨蹭？什么怎么样？校舍——簇簇新的，造型很呆，看上去像农贸市场！"

　　孩子们毕竟大了，说话口气都跟过去不一样，开始学着用艺术家的眼光审视周围的一切。做父母的现在也懵懵懂懂地知道一些绘画术语，什么透视关系、色调和明暗之类——孩子嘴里日渐浓重的艺术腔总让他们备觉欣慰。大抵很久以前，当牙牙学语的孩子开始用彩色水笔涂鸦的时候，他们就惊喜地发现了家族血脉中的艺术细胞，于是便立誓要造就一个未来的画家。当然，纯粹的绘画已不再是人们蜂逐的目标，如今更大的热门是艺术设计，环境艺术、服装设计、平面构成……如今整个世界都需要包装，自然需要无数的艺术人才，无数做父母的对这一点自然深信不疑。十几年的含辛茹苦，十几年的矻矻用心，这一代人的劬劳也许充满着世间的俗意，却希冀着下一代人身上的艺术气质。所以，他们宁愿把儿女们的青春反叛也视为艺术家的特立独行。

　　上海的风好大，吹在脸上好爽。就像这个城市给人带来的希望一样，风儿呼呼地掀动着男孩的衣衫和女孩的发梢，带着他们飞扬的身影穿梭于浦江两岸。两天之后，这股人流又涌向地铁二号线西端，赶赴另一处艺术考场。在延安西路的一处拐角上，中午时分有许多考生枕着画具箱席地而卧，两腿伸开去，把一双双脏兮兮的运动鞋搁到行人面前。那些独自出来闯荡的考生几乎就像流浪汉似的，连日的考场打拼把他们折腾得疲惫不堪。

这时，一个男孩，十分羡慕地盯着那些"流浪汉"瞧了半天。他怪嗔父母硬要陪自己来上海，要不然他也厕身街头艺术家行列中了。当然这男孩日后大有机会浪迹天涯，当然那是以后的事情。此刻在他那颗稚嫩的心中，搞艺术的应该就是一副衣着邋遢、不修边幅的模样，应该蓄着一头乱发，捎着画板满街乱转。其实，照他父亲的说法，艺术家一旦成为社会名流，也都西装革履（或是一身假模假式的唐装汉服），也都会精心打理自己的形象，只是未成名时则很波希米亚。难怪北京人有这样一句俏皮话，"远看是捡破烂的，近看是中央美院的"——北京人说话总是云山雾罩，不知是嘲讽奚落，还是说人家前卫得够格。

男孩的母亲好不容易把他拽开去，很严肃地说："你要是考不上那'捡破烂的'，以后真得去捡破烂了！"艺术专业录取比率很低，那一年据说是三四十个考生里头才取一个。

妻妾相泣于中庭

同事有个男孩想学赫梯语，找人打听哪个大学开设这专业。想法绝对古怪，赫梯语是一种早已消亡的古代印欧语言，一个孩子怎么就突发奇想迷上那玩意儿呢？可再一想，为什么不能心思浩渺地想开去呢，中国每年有八九百万男孩女孩参加高考，如果其中没有几个想法怪异的，事情亦非正常。说到填报高考志愿，大人们的主意总是"国际经贸"、"信息工程"那些专业，因为要替孩子考虑日后就业乃至娶妻生子置业理财……从前中国人包办子女婚姻，现在差不多要包办下一代的整个人生了。其实，人生从头到尾都设计好了也很无趣，让思想开道门缝又怎么样，学赫梯语怕找不到饭辙吗？好吧，赫梯语！以前曾在什么书上见过刻在泥板上那奇奇怪怪的楔形文字，看上去一派远古的玄秘气息，谁知道那是一部童话还是充满梦魇的叙事。

美国电视剧《二十四小时》去年播到第六季，听说年前编剧罢工耽误了第七季的档期，许多打算春节在家 BT 下载的观众只好歇菜。倒是不看也罢，此剧至第四季以后情节已严重雷同，CTU 的洛杉矶总部居然一再遭袭，阴谋论导出的宪法危机也一再上演，又是某个右翼集团在暗中操盘，又是副总统觊觎总统的核按钮，而报复目标总是某个中东阿拉伯国家（让它顶着似是而非的罪名）。这虽说有些夸张，却不能不让人联系到小布什政府的反恐战争和不惜践踏人权的安全政策。然而，拿"反恐"说事难免要落入政治伦理的话语陷阱。杰克一方面要阻止那种借反恐之名限制公民自由和滥用武力的阴谋；而另一方面，作为正义化身的反恐精英却不得不撇开程序正义，靠着人身监视和严刑逼供去追踪每一个线索。这似乎就是当下的反恐悖论。在第五季和第六季中，杰克还遇上了见缝下蛆的中国特工，那帮人像黑社会似的尽在人家地盘上搞绑票勾当——"中国威胁论"在剧中竟是真刀真枪来真格的，莫非这就是美国人对于中国"崛起"的想象？

孟子曰："有不虞之誉，有求全之毁。"人家怎么想只能由他去想。读《孟子》，时遇不解之处，亦偏让人犯晕。如"滕文公问为国"一章，孟子讲"有恒产者有恒心，无恒产者

无恒心"，是将做人的操守归于财富积累的缘由，可是后边引阳虎"为富不仁矣，为仁不富矣"一句，殊为费解。怎么一下子又反过来说了？清儒焦循疏曰："（阳）虎亲富不亲仁，则重在富，孟子引之，则重在仁。"摆到当今语境像是效率与公平孰先的问题，但既然从"为仁不富"这一面来理论，那只能指望大家都做"无恒产者"了。孟子眼里的无产者大抵是"齐人有一妻一妾"一章中"齐人"一类，那厮据说全靠乞食人家坟头祭品过日子，连自家女人都不敢托付终身。不过这里大有疑问，人家还包养二奶，你能说他是穷光蛋？没准是丐帮老大呢。其妻妾"相泣于中庭"一语颇堪玩味，家中既有"中庭"，四下必是庑廊、厅堂、东西厢房……现在怎么说也算是高尚住宅。看来这绝不像是柴米夫妻的怄气。值得注意的是，这故事有两个叙事层面，"齐人"外出行乞尽出其妻之言，内中或许另有隐衷也未可知。

歌里唱道："男儿翘首风中立，女儿泪眼看落花……"许多事情看不懂就看不懂吧。

她与Z

很久了，她一直在为那桩事情做准备。她把想到的事儿，一些零零星星的想法，记在一个厚厚的活页本上。万盛豆腐要卖八角，冬笋涨价了。开头几页记着居家生活杂事。要买洗衣粉电蚊香。厨房下水道又堵了。H从澳洲来电话，杰克的事情没完没了。接二连三的算式，像是家庭开支账目。奇怪，加减乘除之外还有根号和 sin、cos 之类，青菜萝卜账也弄得那么复杂？年轻时她数学蛮不错的，市少年宫数学竞赛得过名次（那时没有奥数）。不过她更喜欢语文，中学课本里的古文差不多还记得，同学会那天人家哄她上台，《岳阳楼记》竟一口气背了下来。那天的花絮记了两三页。二娜说IPO简直疯了，一帮女生叽叽呱呱大骂机构套利。一席大餐，百味俱全。人跟人真是不一样。儿子以为老妈的同学会也是AA制，其实都是Z买单。人家是国企老总，照片上大腹便便

（儿子瞥一眼说：你旁边这叔叔笑容过度灿烂）。男生在谈论买车。董哈哈像是上海通用的托儿，忽悠大家买别克。

两条平行线（犹之不同的人生道路）也会有相交的点，为什么三个直角不能组成一个三角形？有些问题让她想了一辈子。这辈子总是没赶到点子上。那天做了一个奇怪的梦，梦见街头小贩兜售电子万年历，那液晶屏触目惊心地显出一个"抢"字，小贩说是今年的年度汉字。抢什么？抢时间、抢进度、抢先出手……以前在厂里成天听领导这么吆喝。对了，莫非指飞车党抢劫？电视上，公安大学那个王大什么教授隔三岔五讲授防骗防盗防身防抢……不要相信陌生人，真是金口良言。如果是小学生造句，现在还有一个时髦的组词方式：抢注域名。她记下这个词组，在旁边加了三个惊叹号。冬夜的风贴着窗台呼啸而去。儿子房间还亮着灯，白天四处面试，半夜三更在魔兽世界里杀进杀出。忘了哪本书上说的，传说和神话是哲学的前提，思想从虚构中衍生。

梦为远别啼难唤，书被催成墨未浓。光阴荏苒，岁月抹去了早年的诗意，生活竟成了神谕之书。早年她也迷过唐诗宋词。鹧鸪天，黄土地，知青岁月的词与物依然萦绕于怀。记得Z给她抄过一本李商隐的诗，还有普希金、涅克拉索夫。那是多少年前的事儿了，她老公至今不知道Z追过她。当年他们曾打算写小说来着，那年头流行手抄本。Z 说过，最初的经典都是手抄本！要是一直写下去，没准也跟王安忆一同出道。可是 Z 上大学走了，带走了凄迷的文学之梦。人生歧路，未免徘徊良久。后来……有一个故事（是真事）她一直埋在心里，一个灰姑娘加罗宾汉的故事，如今想来却像是奈保尔的抵达之谜。活页本上记下这样一句话：最关键是文化适应度。她不知道是否有文化适应度这说法，反正就那意思。那可不是一摊浑水，那是极具销蚀力的溶液，任何玩意儿扔进去都会溶化。甭管木村拓哉、萨义德或是龙应台。当然，她丝毫没有看轻流行文化的意思，苏珊大妈的《我曾有梦》就让她激动不已。可是电视剧里军统女特工怎么看都像是"八〇后"的小女生。这年头女特务也成了一种时尚偶像，曾在什么网上见过一个跟帖——"偶从小就喜欢女特务"。真是过度阳光。

她想好了，网站名字就叫"活页"（loose-leaf）。Z 说肯定火，就像 Twitter 那样火。

"在场"与"不在场"

从疯牛病到禽流感，从 SARS 到改称甲型 H1N1 的猪流感，地球村的动物庄园充满喧嚣与骚动。惊扰不安的是牛们猪们鸡们和人们，而潜伏其间的各路病毒则安之若素，它们是上帝安排的几颗闲棋孤子，等在那儿伺机出击。J.M. 库切在《凶年纪事》里专有一题说到禽流感这事儿，他说："令人不安的是这样一种隐喻关系，在人类生命与病毒的棋局中，病毒总是执白先行的一方，而我们人类总是执黑。病毒先走一步，而后我们作出反应。"他担心，病毒若是改了杀招，不再遵守一次只走一步的行棋规则，人类的被动局面更是雪上加霜——"病毒也许会同时成功地走出几个不同的招式，相当于同时在整个盘面的四面八方走出许多棋路"。

这是一个矩阵乘法问题么？库切早年在伦敦做计算机程序员，思维习惯上永远甩不掉并行处理的思路。其实他骨子里依然是诗人，喝咖啡的时候总在斟酌诗句的韵脚。他爱听BBC广播里《诗人与诗》那档节目，得知一个叫布罗茨基的苏联诗人正在北极圈里服刑。下班后走过烟尘弥漫的老街，在昏暗的灯光里瞧着从西印度群岛来的那些冻得缩紧身子的打工仔，他心想："是什么把他们从牙买加和特立尼达吸引到这个冷酷的城市里来的？"有一次，他为代号TSR—2的新型轰炸机的风洞试验纠正了数据错误，这使他想到是否有可能暗中更改那些数据，却又为自己的想法陷入道德自责。从感情上说他不愿看到西方的军备胜过苏联，而道义上他又不能背叛给予自己款待的英国人。那个TSR—2项目后来不了了之，他陡然意识到，在"冷战"的大棋局中小人物的一己之力都是那样微不足道。

他给中国驻伦敦的大使馆写了一封信，希望能到中国去投身革命。他还买了汉语自学教材，学了几天中文。如果当年中国大使馆接纳了他，如果大使馆的官员约他到丘园见面，告诉他：你的岗位不是在北京，而是在伦敦！那会怎样呢？真是"鸿飞那复计东西"！

电视剧中，余则成听说让他回重庆去，自然心有领悟：还是潜伏啊！抗战之后，国共两党都在摩拳擦掌，情报界成了各路神仙斗法的地盘。说话带点结巴的谢若林竟是CC系的老江湖，他以业内人士的口吻告诉余则成："去年年底粟裕的部队偷袭宿迁，头四天那情报就喊上价了！"这是让余则成也开价出货，可话里表露共产党这边也有国民党卧底。双方的特工都在冒险演绎"在场"与"不在场"的哲学游戏。

"在场"与"不在场"都是可以被颠覆的。有一个关于3G手机的技术笑话：某报社一位女记者去外地采访一个座谈会，泡在那种怵无趣的场合，听够了官员们满嘴八荣八耻八婆八卦，她便在那儿摆弄新换的手机。无聊中给老公发一短信——我身边的领导已经睡着了，嘴角流着口水。不料，由于技术原因，白天会上发出的短信半夜里才传到老公手机上。老公晕菜、大怒。叙述学认为时间不一定表示因果关系，延宕也会是空间变换，譬如这条延时的短信就是。白天的信息给出夜间的语境，"在场"（会上）的情形就成了"不在场"（床上）的想象，这或许也能扯上解构大师德里达的"延异"（différance）理论。

假拿破仑遭遇滑铁卢

　　那哥们儿问他吃不吃烧鸡，说着从座椅下拿出一个黑色塑胶袋，哧哧地撕了开来。烧鸡垫着废报纸摊在他俩之间的小茶桌上，那人用手先把烧鸡掰碎了，不好意思地朝他笑笑，说本来拿刀子划几下就行，可恨进站被安检没收了。一边吮着油腻腻的手指头，一边捡起一条鸡腿塞过来。还有酒，半瓶二锅头。他架不住人家这番热情，只得放下手里的书本。他在读唐·德里罗的 *The Body Artist*，一本古怪的英文小说。"他的咖啡，他的杯子和他的香烟。""这电话是他的。那些鸟儿是她的。"书里频频出现这样的表述，换作眼前这情形应该说是"他的烧鸡，他的酒瓶和他的二锅头"。不对，书里的 his 不是这个意思，鸡腿给了他就是"他的"了。是啊，反正他的也是他的，咱们哥儿俩谁跟谁呢……

　　那房子里真是有人，恰好就在这一刻，她凭着直觉来了。

他拐弯抹角地问起对方的职业，烧鸡男说自己是道上混的，凑到他耳边咕哝了几声，好像是说前不久在驻马店干了一票。他没敢问那"一票"是什么买卖，这年头都爱说自己是道上的。烧鸡男见他发愣，哈哈大笑。一看你就是个读书人，其实你哥我从前也在文化圈里混事。扛过摄像机，摆弄过斯坦尼康，后来攒书，有一阵做IT。笑起来是很豪爽的样儿。其实孔孟老庄都是道上的。道生一，一生二，这叫生财之道。道不行，乘桴浮于海，这叫生存之道。这家伙倒是传统文化一键通。这年头文化也都江湖化了，就像产业结构转型升级，都拿纳米低碳说事儿。没错，中国人就喜欢把别人当傻子，可是又总想复制别人的成功。没错，他说，现在的人都太自我了，你听那歌里唱的："伟大的祖国他超有钱呐，四万个亿跟我有蛋关系！"

太自我？烧鸡男却说中国人压根没有自我意识。你瞧，从汉语单数第一人称"我"的读音就能看出，偏是一个合口呼，念起来口型收缩，发音闷闷的。看不出来这哥们儿还懂音韵。没错，听上去"我"确是有些畏畏缩缩。他啃着鸡腿，点头称是。这哪有英语的"I"来得响亮来得理直气壮，甚至比起作为宾格的"me"也差多了。烧鸡男还说到各地方言中的"我"，张口就带出一个后鼻音 ng（ŋ），那就更显得畏葸了。如，山东话读"ngan"（俺），陕西话读"nge"（额），客家话读"ngai"（崖），还有宁波话读"ngo"，绍兴话读"nga"……这哥们儿学说各地方言的腔调还挺逗，南腔北调的"我"都那么吞吞吐吐遮遮掩掩。真是很渺小。他笑着补充说，还有文言中的"余（予）"、"吾"之类，简直嗫嗫嚅嚅念不出声了。

所以，烧鸡男说，到了皇帝嘴里"我"就变成"朕"了。到底是九五之尊，那个"朕"字真叫掷地有声。所以，中国人就喜欢听皇上吆喝。所以，中国人总把成功人士称作什么"帝"，什么影帝、酒帝、钢琴帝、数学皇帝、时装皇帝、足球皇帝、打工皇帝……就连一条能预测世界杯赛况的章鱼也被封了"章鱼帝"。所以，一个装扮拿破仑的家伙遭遇了滑铁卢，竟让大家同情不已，因为人们需要有这么一个皇帝，哪怕是装扮的也成。

"一个装扮拿破仑的家伙遭遇了滑铁卢……"听到这儿，他心里暗暗叫绝，这个叙述语式很有博尔赫斯的味道。

钞·钱·银

明末连年战乱，国家财力日蹙，朝廷与民争利已成常态。李清《三垣笔记》谓："朝议以国计不足，暂借民间房租一年，于是怨声沸京城，呼崇祯为'重征'。"其时政府没有土地出让金入账，官商亦无大小非出逃之策，来财之道似乎窘促。可办法还是有，计六奇《明季北略》记曰，崇祯十六年六月，桐城诸生

《明季北略》

蒋臣向皇上建言"纳银卖钞"，即印发纸币去套兑老百姓手里的银子，其谓"不出五年，天下之金银尽归内帑矣"。此事亦见《明史·食货志》和《国榷》，可信不虚。当时倪元璐新任

户部尚书，视蒋臣"用世之才"举为本部司务。虽说司务品秩甚低（从九品），权力却不小，蒋某一去就负责监制钱钞，人五人六不可一世。印钞之事捅了窟窿捅破天，结果不了了之，扩大货币投放只能在钱币（铜钱）上打主意，办法就是回笼小钱熔铸大钱。这中国特色凯恩斯主义实是作祸不浅，清人徐秉义《明末忠烈纪实》里写到倪元璐一节，竟称"民甚患之，至欲食蒋臣之肉"。

说来印钞之法在明代亦有祖制可循，太祖洪武八年开始发行"大明宝钞"，其制度设计是钱钞兼行，更以钞币为主，而金银仅限于兑换宝钞。可是这套章程到弘治时就玩不转了，盖因未设发行准备金，政府信用很快透支殆尽，宝钞渐而成了废纸。到了倪元璐蒋臣这班人再议钞法，还想空手套白狼豪赌一把，可是时局大坏，转眼兵燹已至跟前，从大处说是历史没给他们机会；从小处说，却是印钞所需纸料在掣肘。《明季北略》谓："造钞工料，纸六皮四。皮者，桦皮也，产于辽东。"此际跑到清人地盘上去采购物料，这项目起步就大费周折，商号须连同镖局一起出动。不过，钞料究竟用何物也见说法不一，《国榷》、《明史·食货五》都说是"以桑穰为料"，倪元璐长子倪会鼎所撰《倪文正公年谱》亦持此说。倪氏《年谱》称，"需用桑穰二百万斤，遣中官孙元德乘传于吴、浙、山东采买。"据说这事情也像搞运动闹得风风雨雨，各地毁桑取皮，以致凋敝的田园更加凋敝。

自钞币出局，银子又成了流通货币。有明一代，银钱兑率变化是一个有意思的话题。明初铜钱一千折银一两，至弘治间已降为七百，崇祯之前又跌至六百。何以造成银贱铜贵，当另作探讨。然而，铜钱升值势头并未持续到底，崇祯践祚后出现了拐点，铜钱开始变得不值钱了，后来一两银子竟兑两三千以上。有人将此归咎于民间私铸劣钱大量涌入，其实那只是诸多因素之一。当局亟欲稳定金融，大张旗鼓打击私钱，《明季北略》于此描述甚详：当日京城九门皆设卡检查，过往百姓都要被搜身，倘有查获便是治罪，可谓从重从严从快。如，一文私钱鞭笞，两文私钱罚做劳役，三文者遣戍边陲，四文以上就要杀头了。城门口摆上石臼铁杵，查缴的私钱当场捣碎。这般轰轰烈烈搞了半月，小民商贩无人再敢以身试法，查缴工作几于停顿。失去了示众效果恐上司叱责，一班蹲守官吏扎堆聊天之余竟想出一法，自掏腰包暗自拿银子兑换若干私钱，让班役在石臼里捣碎了作为收缴战绩。这样又糊弄一阵，禀报私钱收完，大功告成。而民间私钱依然泛滥，钱价仍嗖嗖下跌。这是崇祯十六年十一月间的事儿，来年春天大明王朝就让李自成灭了。

在路上

　　他从匝道上下来时车祸已经发生，前边的车追尾了，密密麻麻撞到了一堆。

　　后来得知事故出在前方第二个路口，说是那儿一个消防栓突然爆裂，出事的第一辆车被凌空飞射的水柱打蒙了，就像惊吓的牲口左右狂突，一头撞上街边的书报亭，接着就是第二辆第三辆，接着……有消息说，消防栓是让压路碾子撞的，不知怎么让那庞然大物磕了一下。交警调查认定肇事原因是压路机司机酒后操作。笔录显示，中午来了个老乡，他俩喝了两瓶"不够度数"的二锅头。司机好像还挺有理——他来了我能不请他喝酒么？其实吃饭时候脑子还清楚（后晌有活儿，不能再喝了），不料后来就不行了。这事情要追溯起来，冥冥之中似有一种命定的劫数：数日前，那老乡打主意要来投奔他二姨夫的侄儿在城里打工的表弟，一念之间注定

了这个城市将有这样一场交通事故。

交通电台即时播出的消息说，高架上的车辆已经排到了北边的绕城高速，城北整个一片陷于瘫痪。当时，他堵在路上，无聊地想起科萨塔尔小说《南方高速》里的堵车故事。不过眼前的情形没那么夸张，他前后左右观察过来，没有喧嚣与骚动，没有人站到车顶上去张望，也没有王妃车里的女孩上了标致404跟工程师搂搂抱抱那档子破事……大家都安安稳稳地待在车里，看上去倒显得有几分怡然自得，这让他想起媒体上常见的"群众情绪稳定"那个说法。他关掉收音机，手里摆弄着墨镜，一忽儿摘下一忽儿又戴上。他不知道自己是否还撑得住。这世界就像是一块集成电路板，偶尔出现一个小小的短路，所有的程序都乱套。

音乐！哪儿飘来了音乐，听着是左前方雪佛兰车里的音响。这当儿拉威尔的《波莱罗》真是对景儿，一小段没完没了的旋律，夹杂着噼里啪啦的鼓声，永远就这么反复着。乐曲奏出等待的节拍，成了时间链条上的一个个焊点。反复的旋律渐次加强，一遍一遍地搅得你心烦意乱。他从后视镜里瞥见后边车里的司机从窗口探出大半个身子，手里端着个什么东西。哦嗬，在拿望远镜窥望前方的楼顶。前方是什么？他只看见鳞次栉比的楼宇，城市凌乱的天际线，阳光下一片灰蒙蒙的景象。拉威尔的乐曲搅得他脑袋发胀，脑子里像是有个西班牙女郎在乱蹦乱跳，恍惚跳到了远处的楼顶上……老天呐，那上头真还站着一个人！

现场的感受跟事后的感知总是有些不一样，当时他以为那座大楼底下一定是人山人海，没准那才是造成车祸和堵车的根源！他打开收音机想听听电台里怎么说，可是主持人和嘉宾正与打进电话的听众讨论如何解决塞车问题。这档叫做"路在何方"的互动节目每天都在重复相同的话题。一个满口粤语腔的嘉宾干脆告诉听众"路係没有了"，不过那人有个怪怪的想法：以时间换空间。如果让半数就业人口改为夜间上班，车流量就差不多减去了一半。佢以为自己这点子好叻，越说越来劲，一条条地分析开发夜的资源的巨大前景。谁说白天不懂夜的黑，谁说白天和黑夜只有交替没有交换，谁说……

博尔赫斯在梦里撞上仇人的枪口，无奈之下让自己醒过来了。可是他知道自己不是在做梦。他在想，梦境和现实之外或许还有别的空间。

利玛窦

一六〇〇年五月，利玛窦
神父一行从南京搭乘一位太监的
官船去北京。到这一年，他进入
中国内地有十七年了。他早已学
会了汉语，甚至还学会了文言写
作。他跟许多官僚士大夫都混得
不错，时常头戴东坡巾身着儒士
服装出入达官府邸。在南昌，他
是巡抚大人的座上客，还跟建安
王、乐安王那些王室贵胄交上
了朋友。到了南京，他的社交圈子就更显赫了，不但有魏国
公徐达之后徐弘基、丰城侯李环、守备太监冯保、南都刑部
侍郎王樵、礼部侍郎叶向高……还有大学者焦竑、李贽之俦，

利玛窦

还有名僧雪浪大师。然而，精英阶层的宴飨并没有给他带来精神的圣节，找机会直诣万历皇帝才是他心中抱定的目标，他期盼着在这片土地上也能重演君士坦丁大帝颁布《米兰敕令》的一幕。

其实，两年前他也去过北京，可惜他的保护人南京礼部尚书王忠铭当时未能打通进宫的关节——时逢倭寇作乱，外事活动都没人敢搭手了。没想到这回更是大吃苦头，利玛窦的锲而不舍总是伴随着一系列戏剧性事件。起初颇为顺利，他们在济宁受到漕运总督刘东星的热情款待，还再度见到了李贽。然而，船到临清厄运就来了，坐镇钞关的太监马堂蓄意索贿，恨不得从洋人身上扒下两张皮来。呈递皇上的奏折迟迟未见批复，他们被转到天津羁押，结果在那儿滞留半年之久。事情的转机也纯属偶然，后来有一天万历皇帝想起有洋人要进贡自鸣钟什么的，这才快马发去让他们进京的诏命。虽说蛰居深宫的皇帝一直未召见利玛窦，他却靠了修钟表的手艺成了宫廷门客，耶稣会的传教活动亦获恩准。

想到利玛窦那种矢志不渝的使命感，已经削发为僧的李贽竟相当不解。李贽对利玛窦本人印象极好，在写给友人的一封信中说："承公问及利西泰，西泰大西域人也……是一极标致人也。中极玲珑，外极朴实，数十人群聚喧杂，雠对各得，傍不得以其间斗之使乱。我所见人未有其比，非亢则过谄，非露聪明则太闷闷瞆瞆者，皆让之矣。"可是他不明白此公到底在追求什么——"但不知到此何为，我已经三度相会，毕竟不知到此何干也。意其欲以所学易吾周、孔之学，则又太愚，恐非是尔。"（《续焚书》卷一）

李贽

李贽或许还记得在南京的一次雅集，大家辩论心性善恶问题，在座的雪浪和尚援引本宗教义回答质疑时，利玛窦打断他说："我们的论证必须从理性出发，决不能靠引据权威。我们双方的教义不同，谁都不承认对方经典的有效性。既然我也能从我的经典里引证任意多的例子，所以，我们的论辩现在要由我们双方共同的理性来加以解决。"（《利玛窦中国札记》第四卷第七章）他说的"从理性出发"，是相信人类应该有某些"普世"的认知。

利玛窦并不时常这般咄咄逼人。早年在肇庆，他应当地官员要求制作一幅名为《山海舆地全图》的世界地图，考虑到中国人向来以为自己居于天下中心，故意改变原有的设计，

"抹去了福岛的第一条子午线，在地图两边各留下一道边，使中国正好出现在中央。"（《利玛窦中国札记》第二卷第六章）他很乖巧，懂得如何规避"中国不高兴"的麻烦。所以，他尽可能入乡随俗，传道时也尽量援引四书五经的话语来阐释天主教义。法国神父裴化行所著《利玛窦评传》中说到，利玛窦的许多做法是"回避了文明的冲突"。

黑社会

　　他想不起那人是谁，对方好像跟他不陌生，老远就打招呼来着。嗨，下午还有发言么？那人蓄着整齐的小胡子，说话时不停地眨巴一对小眼睛。像是闲扯，像是在套瓷，抑或想摸摸他的底牌。怎么老是提到在厦门的争论，又扯出在某私人会所出糗的事儿。他们争论过什么？拉美化？垃圾化？有那回事么？借着接电话机会，他总算甩掉了那家伙，穿过人声鼎沸的前厅，把叽叽呱呱的话音甩在了身后。五环以外……所谓后和谐社会……富人多了去了……哈耶克说的自生自发……不怕子弹飞，就怕……他撑开雨伞匆匆走下台阶，走出百十来米，脑子里依然甩不掉那些疑窦。每次学术会议上都会遇到一些莫名其妙的主儿，黏着你跟你东拉西扯，那些没影儿的事情居然影影绰绰地在脑子里闪回。他想起了，那人可没胡子。不是厦门，是在秦皇岛。是啊，死亡的海鸟散发着一股腥臭味儿，海滩上浓雾久久不散。那情形很像电影里的凶案现场，他被人剖膛开腹后抛尸野外。简直匪夷所思。不是有人质疑"过程的可控制性"吗，那几个看上去温文尔雅的男士女士都有点古怪，提出的问题一个个都是那么咄咄逼人。哈布斯堡王朝……怎么说来着，又是那些横征暴敛的故事。质疑的声音摆出一副事实俱在的腔调：干吗总是要哄着护着？何以总是迫使民众让步？他一提到民粹政治的危险，那旁就有人窃笑不已。你吓唬谁呢？雨是越下越大，雨水从伞沿上挂下来，在眼前形成一道雨幕，看出去树是斜的楼是歪的，一切都变形了，一切都是那么模模糊糊。他知道，如今知识界在一切问题上都不可能形成某种共识。当然，有人会说这没有什么不好，舆论一律才可怕呢，社会思潮多元并存才是民主政治……这种问题没法跟他们争辩。可他知道没有共识的社会将永远陷入内耗的黑洞。滔滔不绝的陈述背后隐藏着什么呢？彼此都在琢磨对方的潜台词。那哥们儿准是在揣测他是否有点心虚理亏。看来不被人误读也难。其实私下里他跟一些朋友说过，骨子里自己何尝不是一个多元主义者。面对一帮现代社会的局外人，你还能说什么呢？他看见了前面转过来的那辆车，驶到近前溅起一片水花。司机刚放下车窗，他认出就是来接自己的车。上回也是这辆车。

他甩了甩雨伞坐进车里，舒适的暖风马上驱散了浑身的寒意，靠在椅背上真是很想睡一会儿。闭上眼睛，各种各样的事儿都浮在脑海里。昨儿她电话里口气真够放肆的，不过，对他那个"思想的肌理"的说法倒是赞不绝口，也是看出思想资源单一化的软肋。现在学界有些朋友一门心思重构儒学，像是一种大思路，可说实在他有些疑虑。单嫌活儿糙，另起炉灶也行，可问题是那玩意儿究竟管不管用。他瞥见街边有人在掐架，路口侧着一辆工程车，后边打着双跳灯。其实宋元以来读书人一直在"重构"儒家堂庑，那时候还没有新思想冲击，自己就乱成一锅粥。什么朱学王学，什么汉学宋学，都是各树门墙广收门徒，弄得像黑社会似的。他在读雷蒙·阿隆《找不到的革命》的英文版，一九六八年的事件尚待从头梳理。官家维稳，百姓维权……说到消极自由，先要厘定其界限。这还没驶入闹市区就堵上了，哪儿都是一窝蜂。鸡鸭争食，骡马抢道，各说各理，各种话语都挤到一堆儿了。

风鬓雾鬓

他在课堂上讲授液体动力学，那天让研究生讨论一个问题：假设英吉利海峡隧道发生意外，海水灌入整个隧道，用什么办法能将海水排出？学生们一听就发蒙，其实他自己更是懵里懵懂。一切都是梦中的情形，梦境的想象把自己变成了一个年轻的学院才子。当然他早就不年轻了，只是儿时玩虹吸管的记忆还时常浮现脑际。

英吉利海峡总让他想到国际象棋的英吉利开局，1. c4 e5 2. Nc3 Nc6 3. g3 g6 4. Bg2 Bg7……诱敌深入，关门打狗？恺撒第一次攻打不列颠时差点遭遇这种封闭战术，因为他们登陆后拖上岸的船只被海浪卷走了。《高卢战记》卷四，恺撒是这样记述自己当时面临的危境："恰好那一夜月亮十分圆满，正是那大洋中照例海潮涨得最高的日子，但这却是我们丝毫不知道的事情。因此海水一时灌满了拖在岸上用来运载军队的战舰。同时，风

浪也碰坏了紧扣在锚上的运输舰，我们竟没有任何办法可以控制或挽救。许多船撞得粉碎，其余的一些，由于失掉了缆绳、铁锚和其他索具，也不能再用来航行。这当然引起全军极大的不安……"那是公元前五五年八月底，恺撒让老天爷断了后路。

《高卢战记》

　　幸好罗马人很快找到了粮食，岛上的布立吞人也来求和了，他们见好就收，赶紧闪人。恺撒下令拆了一些破船，用拆下的部件修复其余的船只，总算赶在冬季来临之前撤回了大陆。读到这儿，他还是有些纳闷，骁勇善谋的恺撒居然不如项羽那肌肉男（力拔山兮）？他想起"破釜沉舟"的典故——小时候读林汉达写的历史故事就有这一段。杀宋义是审时度势，渡河解巨鹿之围又是何等果敢！《史记·项羽本纪》用这样的文字描述了公元前二〇七年那个血气贲张的瞬间："项羽乃悉引兵渡河，皆沉船，破釜甑，烧庐舍，持三日粮，以示士卒必死，无一还心。"真是字字铿锵。项羽的用兵之道就是置之死地而后生，俗话说"愣的怕横的，横的怕不要命的"。一个半世纪之后，绝地反击的机会就摆在罗马军团面前，可是神明的恺撒却瞻前顾后首鼠两端。

温斯顿·丘吉尔撰写《英语民族史》时注意到恺撒笔下的若干历史细节。作为前海军大臣，他对古代将帅的知识盲点大为惊诧——"月圆时海潮高涨，可是恺撒却不懂这个道理"。作为杰出的战时首相，他一定会想起 D 日的辉煌。盟军在诺曼底登陆作战要在五个不同地点抢占滩头，幸而现代科学已能精确计算英吉利海峡的潮汐变化。他想起电影《最漫长的一天》里奥马哈海滩陡峭的悬崖，眼前晃动着像潮水般倒下的士兵，历史的长镜头里血流成河……

说到月望生潮，中国人很早就洞悉此理。《易经·说卦》有"坎为水……为月"之说，足以让人浮想联翩大加猜详。更确切的记载，他知道，最早大概见于王充笔下。《论衡·书虚篇》驳斥伍子胥死后"驱水为涛"的妄说，是谓："涛之起也，随月盛衰，大小满损不齐同。"完全是谈论常识的口吻。王充只比恺撒小二十几岁。梦里策马逝水之川，风鬓雾鬓的感觉很爽，很爽。无奈中国人的智慧成熟太早，太早……斜阳断岸，千帆载恨。

绛云楼

李馥（鹿山），雍正初为浙江巡抚，此人《清史稿》无传（仅见"疆臣年表"），王应奎《柳南随笔》称之"性嗜书，所藏多善本"。有意思的是，藏书印镌"曾在李鹿山处"六字，其日后坐讼，书帙皆散逸，竟似一语成谶。王某是常熟人，对比同邑钱谦益、毛晋诸辈，李馥之清醒豁达使他深为感悟。乃谓钱、毛诸家藏书富甲江左，所用印章多为"某氏收藏"之类，以示莫予夺者，其实未及百年已尽归他人。此处言语间大有讽意。

钱氏绛云楼藏书流散后，大概王应奎不难搜罗若干残册，触手之际未免怅然不已。钱谦益曾以宋版《左传》和前后《汉书》光耀于世，《初学集》卷八十五《跋前后汉书》又道出辉煌之后的伤感："……余以千金从徽人赎出，藏弄二十余年，今年鬻之于四明谢象三。床头黄金尽，生平第一杀风景事也，此书去我之日，殊难为怀。李后主去国，听教坊杂曲'挥泪对宫娥'一段，凄凉景色，约略相似。癸未中秋日书于半野堂。"癸未即崇祯十六年，清兵已过黄河。不过，钱谦益此际割爱减持与形势无关。据陈寅恪《柳如是别传》考证，乃"殆为应付构造绛云楼所需经费之用"。国势危亟，牧斋犹鬻书为河东君构阿云金屋，不改士夫风雅。说来这部宋椠《两汉书》很有来历，元初系赵孟頫家藏，明正德间入吏部尚书陆完箧中，后归大名鼎鼎的王世贞。据说王氏卖了一处庄园从陆家后人换得。据说后来又辗转徽商之手。牧斋割舍珍本比之亡国之恨，殊可玩味。

事隔多年（已是清顺治十五年），钱氏游杭州，浙江布政使张缙彦拿来一部宋版书请他鉴别真赝。一看竟是从自己手里出去的《两汉书》，绛云老人两眼发直。于是又作《书旧藏宋雕两汉书后》讥讽谢三宾（象三），此跋收在《有学集》里。谢乃钱氏门生，当年购书似有替绛云楼垫资的意思，盖因早岁曾与老钱争夺柳如是，心里仍惓恋旧情。但也终有不甘，故以压价二百两银子为报复，弄得座师感恨不已。想想姓谢的终究书人两失，钱某这回"开颜吐气"了。二人恩怨关系错综复杂，陈寅恪笔下梳理甚详，读之意趣万端。

此书乾隆时进入内府（《天禄琳琅书目》有录），嘉庆二年竟失于武英殿火灾。

惊魂之夜

这样的夜晚，老金一定睡不着，那个令人惊愕的消息虽说未必可靠，总归是一个征兆。天上的流星划过一道又是一道，都砸到河边船坞里了。他想给老金去个电话，又怕人家真的睡了。十年前这儿还是稻田和菜地，夜里蛙声一片，现在只剩下唧唧歪歪的虫鸣。他想，恐怕再往后会是一个万籁阒寂的世界。老金平时那种故作幽默的腔调很是发噱（总让他想到那个红过一阵的海派艺人），这会儿偏又故作淡定，装作屁事儿没有。就像赵本山总想把事情编成段子，王立军总想把事情搞成案子，有人就喜欢把街上的事情都说成乱子……饭局上老金扯着衣角揩拭眼镜，慢条斯理的显得颇有范儿。有一次，他俩在洗脚屋里谈论社会人生，老金告诉他并非什么东西都是正宗为上，美国本土的麦当劳就比咱们这儿难吃，你在纽约那会儿恐怕没吃过这玩意儿，真不是一般难吃。带着一连串的啧啧啧，大有自是人生长恨水长东的无限感慨。这哥们儿说话有时云山雾罩的，不知哪句是正题，哪句是铺垫。咱们这辈子不是洗脑就是洗脚哈，啧啧啧……瞧那可爱样儿，晃着一双大脚丫子拿自己开涮。老金一辈子都在思考人的问题。那回说起他老爸当年告发自己恩师的事儿，真是一脸的无奈。说是他理解他老爸。虽说那是不能抹去的人生污点，却不能视同个人品质问题，那是一种国民性，那时候几乎人人都在喊着打倒刘少奇。你想说并不是所有的人都出卖自己亲近的人？老金料到会有这样的诘问。那是他不幸地处在某个位置上——不是所有的人手里都有能够告发别人的东西。他一时哑然失语。那天就是沿着脚下这条小路朝河边漫步。现在老远地看见船埠那边灯火通明，一帮年轻人扑通扑通往水里跳。是在捞什么东西？在曼哈顿的时候，他们傍晚沿着 High Line 一路走去，落日余晖中波光粼粼的哈德逊河显得万分妖娆，就在令人极为陶醉的一瞬间，他惊讶地发现水中升起克莱斯勒大厦装饰华丽的尖顶，可是仅仅持续了几秒钟，那景象就完全消失了。老金没看见吗？他在十二街拐角的二手书店里买了一本书，美国人彼得·海斯勒写的《甲骨文》，回到旅馆就让老金抢去了。想到"不幸地处在某个位置上"的说法，他有一种忐忑不安的感觉。

知识叙事

　　伯兰特·罗素在《权力论》一书中分析权力的各种形态：王权、教权、经济权力、法律权力、军警的权力……其中还特别讲到一种靠学问或智慧（不管是真的还是被信以为真的学问或智慧）得来的权力。有趣的是，他把中国作为这种权力形态的两个突出例子之一（另一个是天主教会），当然他指的是传统的中国社会。罗素二十世纪二十年代初曾来北京大学讲学，在中国待了九个月，比起许多西方现代哲人他对中国算是略有深度了解，他还写过一本《中国问题》的书。罗素描述了这样一个现象：愈是在野蛮的社会里，靠所谓学问获取的权力愈是明显。他举到巫术的例子，阐明知识的玄奥使人产生畏惧与崇敬——那正是权力的起源。所以，他认为"知识分子是僧侣在精神上的继承者"、"知识分子的权力是靠迷信（对传统的咒语或圣书的崇敬）维持的"。

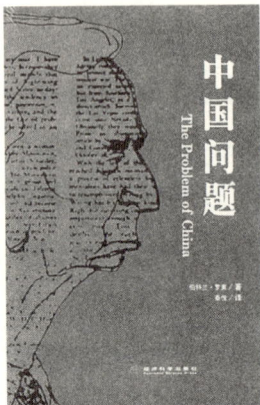

《中国问题》

不过，罗素又讲到，在科学昌明的时代，掌握新知识的人所拥有的权力并未有相应的增长。他解释说，这是因为科学本身打破了知识的神秘感，解除了那种借以获得权力的魔力。这个判断好像有些想当然的成分，真实的情况可能并非如此简单。在现代社会中，也许一般个体知识者的权力远远不逮古代的术士（或者比不上中国的儒师和乡绅），但是知识群体一旦整合为社会精英集团，他们的话语权力实在有着左右公众舆论的力量，也足以影响或操控政府决策。事实上，他们的权力要比从前大得多。事实上，现代知识分子获得权力的魔力恰恰来自罗素认为并不神秘的科学。这让人想起另一位英国学者 C.P. 斯诺在一九五九年发表的题为《两种文化》的著名讲演。尽管斯诺的本意是要弥合人文文化与科学文化之间的鸿沟，是要平衡政府决策中的思想资源，然而当他说出"当现代物理学的大厦不断增高时，如今西方世界中大部分最聪明的人对其的洞察也正如他们新石器时代的祖先一样"这句话时，话语权力的天平已经从传统的

人文文化摆向了新兴的科学之道。

既然"两种文化"捏不到一起,那就只能死掐。可这不是什么兄弟阋墙,这是胳膊拧不过大腿的事儿。遥想"五四"新文化时期,中国人也请来"德先生"(democracy)和"赛先生"(science)联袂登台,孰料不几年知识界就发生所谓科学与玄学论战,结果是科学派大获全胜。其实,命数早已注定。科学主义的工具理性何以成为无坚不摧的利器,能将文化领导权攫在手里?原因不遑细数,但有一条:人家就是一根筋的实用主义权力哲学,不像文士墨客这边永远是纷呶不绝,内讧不断。

如果说科学成了现代知识权力的核心领域,那么大学就是其主要形态之一。美国教育家约翰·布鲁贝克将知识分子麇集的大学称为"社会良心"的同时,也称之为现代社会的"世俗教会"(《高等教育哲学》)。毫无疑问,这一切早已今非昔比。如今良心像是大大地坏了,学术殿堂竟也褪去了庄严而炫目的光环。大学的公司化、科层化、官场化日益暴露了与时俱来的时代弊端,事物与价值在思想层面上被对立起来了,校园里充斥喧嚣与骚动——这让人想起怀特海在《科学与近代世界》末章中的表述。在这个惶惶不安的时刻,有良知的学者则呼吁让校园恢复平静,吁请人们对权力和政绩以外的价值有所理解……

世界

那是 N 年前，N 年前的一个情人节之夜。其实，他们没有意识到那个日子的特殊含义。那天可能是周末，也可能发工资的日子，他跟妻子约好下班后在那家商场门口碰面。

商场门廊里挤得水泄不通，那儿有一个临时搭设的售花专柜，过往的顾客都挤在那儿买花。玫瑰、百合、波斯菊、康乃馨……五颜六色的花卉在他眼前旋动，一张张年轻的笑脸围着花朵晃动。他忍不住挤进去，掏钱买了一枝红玫瑰。说来他还从未给妻子买过花。

他手里握着玫瑰花踱回门前，在寒风里翘首鹄望。妻子还没来，却相继有好几个同事进了商场。这儿离他的单位很近，很容易碰到熟人。那些熟人看见他攥在手里的玫瑰花，一个个朝他露出诡异的笑容。……哥们儿，行啊！没有人相信他在等自己的老婆。他都没机会跟人家解释。见鬼，这需

要解释吗？无聊中，他下意识地转动着手里的花朵，心里愈觉尴尬。想了想，从枝条上摘下那朵红玫瑰，塞进外衣口袋。他问自己，这世界出了什么问题？

商场五楼C区尽是玩具，绒布娃娃、电动汽车、舰船模型，一样样都是那么惹人喜爱，五彩缤纷的货架上洋溢着欢情与童趣。他们从那儿走过，他不由得对妻子嘀咕了一声，看到这些玩意儿心里真有点痒痒，小时候就想有一辆玩具汽车……

"你那时没有？"

"真的没有。"

"喜欢就买一个，拿回家还能做摆设。"

他知道有些刚成家的年轻人爱拿玩具装饰居室，芭比娃娃啦，泰迪熊啦，一进门就风铃叮当。可是，怎么说也不会轮到自己来玩那种情调——不会吧？他想了想，赶忙拽着老婆离开那儿。在楼下喝咖啡的时候，妻子想起刚才的事儿竟有几分感慨，她小时候也跟别的女孩子一样，喜欢布娃娃，现在却不再有那种兴致了。小时候买不起，现在买得起，又没了那份喜欢。好一阵，两人默默无语，只听见匙子轻轻搅动的声音，咔啦咔啦的。

他们逛了半天，在打折的专区买了一堆衣服。那条有莱卡的牛仔裤打对折，一件男式翻领羊绒衫居然两折。冬天还没过去，冬装就开始甩货了。那些名品专柜已纷纷展示出新款春装。他们走过那儿，妻子撩起一件收腰的针织衫往身上比量着，露出中意的笑靥。他扯出标签牌看了一眼，那价格让人咋舌。

这世界总是急匆匆地往前赶。你在卡斯蒂利亚田野踽踽而行，却几乎没有看到眼前的情景。怎么会呢？也许视而不见才是大境界。博尔赫斯的诗句总在心头萦绕，几乎成了一帖安慰剂。既然跟不上这个世界，不妨说你喜欢待在过去的世界里。

付款的时候，他将找回的零钱塞进外衣口袋，顺手掏出了那朵几乎揉碎的玫瑰花。刚才还是鲜嫩的花瓣，这会儿就枯萎了。走过拐角处，他见那儿有个垃圾筒，悄悄扔了进去。妻子在那边朝他招手（这种迷宫般的场地每回都让他晕头转向），他看见了，随之扬了扬手。手上捏着的是那朵揉碎的玫瑰，付款小票让他扔到垃圾筒里了。

隔帘花影

　　从"国学热"、"申遗热"到"公祭热"，曩时士大夫和绅缙、商贾的历史荣耀不但在记忆中悄然复活，甚而愈益成为一种日常景观。不消说"圣之时者也"的孔夫子又成了"摩登圣人"，不消说各地忙不迭地造庙请神——差不多连董超薛霸都要供上神主了，如今又像是回到了之乎者也劝古爱国的历史现场。子曰诗云的读经教育已从娃娃抓起，满眼是和谐共融的福娃、中国印、祥云纹……香车宝马，风乎舞雩，恍若开元天宝的承平气象、大中祥符的清明风物。网上曾见有为奥运健儿设计的绝对酷毙的唐装汉服，一个个长襟宽袖峨冠博带，真叫"不图今日重见汉官威仪"。

　　事情总是见多不怪。他隐隐地有些明白，中国之所以为中国。

　　如今设计师们把"中国元素"玩到了极致，老祖宗留下的

"论道经邦，燮理阴阳"的悠悠文脉竟是十分管用，一不小心房地产神话也融入了潘家园的梦工厂。一转眼，罗马柱和铸铁饰件愈显恶俗，Loft成了一帮半大孩子过家家的装折，现在是古色斑斓的隔扇、雀替、垂莲柱扮饰着成功人士诗意地栖居。难怪古屋旧宅的木雕构件一天一个价儿，那玩意儿瞧着就有几分富贵慵适，即便一块雕绘博古图案的楠木裙板，一扇隔心拼出菱花或是正斜万字图案的槛窗，也能让人想入非非。那花棂空透的视觉效果怎么说也能见出几百年前的隔帘花影，从前人的手艺到底跟现在不一样，那真是"画楼西畔桂堂东"的曲折心路。确乎，大红灯笼大宅门式的心理映象，投射在仿古院落中轴线和回廊之间，很容易让事业有成的人们惬意地重温旧日的天道人伦——借以莺语帘栊的暧昧情趣，咸与维新的历史符号毫不含糊地给人带来某种心理满足，连带想象中的秩序和尊严。

其实，照鲁迅说来，那终究是"修破书，擦古瓶，读家谱，怀祖德"的名堂，终究须有"坐食的闲余"。鲁迅的话是说得太损。以他老人家的另类看法，读经不如读史——"尤其是宋朝明朝史，而且尤其是野史；或者看杂说"。野史杂说读来别是一番滋味，断垣摧栋的瓦砾场上，只凭凉月踟蹰，白发萧闲。

顾炎武

明亡，顾炎武只身北游，负笈越岭之际，脑子里仍是"国家治乱之原，生民根本之计"的大问题。所著《日知录》一书，考核经史，务实为学，大有"待王者起得而师之"的意思。顾氏痛感晚明学术虚浮，想到士林清谈之风，每每捶胸顿足。如，《日知录》卷十三"正始"，论及"魏晋人之清谈何以亡天下"，乃谓自曹魏正始至司马氏永嘉之末，一班洛下名士如何"蔑礼法而崇放达"，如何"败义丧教"，到头来搞得亡国亡天下。

顾氏纠弹清言，出于一种正邪之见，并非以为钳制众口的一言堂就是治国良策。《日知录》同卷有"清议"一则，援引古代"存清议于州里"之例，极辩舆论监督之必要。有谓两汉制度："乡举里选，必先考其生平，一玷清议，终身不齿。"可见民意这东西由来有自，不只是西方民主政治的思想

《日知录》

资源。顾老先生早就看出，言路建设是考验执政能力的关键，故曰："天下风俗最坏之地，清议尚存，犹足以维持一二。至于清议亡而干戈至矣。"

但是"清谈"与"清议"并非那么泾渭分明，至少魏末西晋时"清谈"还不能说都是竞说玄理的脱口秀，也有臧否人物参政议政之用，近人陈寅恪、唐长孺于此考述甚详。只是愈到后来，士人的心性似乎愈是截然两途，要么浮诞狂放，要么满嘴名节谠论，就像顾老先生眼里一切都清浊分明。生命和人格就这样被塑形了，从前所谓神采、局度、情愫、意态……只是成了游戏名目。也许是历史的遭遇，也许……其

实，执于一端不能都怪时势艰难，即如东晋乱世，名士风流并不妨碍拯危济困，大破苻坚的谢安就是在仕在隐悠然从容之辈。

《世说新语》是顾炎武不喜欢的一部书，所记谢安与王羲之游冶城一事却颇堪玩味。二人登高之际，谢安流露的玄思遐想很让羲之担心，故出言相劝："虚谈废务，浮文妨要，恐非当今所宜。"而谢安的回答是："秦任商鞅，二世而亡，岂清言致患邪？"

谢安的功业不须说了，《晋书》本传言其曾为吴兴太守，有"在官无当时誉，去后为人所思"之语。如此低调务实竟又判若两人。

输液室

医院输液室就像春运时的车站候车室,里边黑压压的一片,一排排座椅,一张张呆滞的面孔,男男女女,老老少少……也有哭的闹的、大声嚷叫的。他一进去就听见有人在那儿嚷嚷:"房地产崩盘,你们大伙也都跟着玩完!"那人脑袋上缠着绷带,说话时使劲甩动着胳膊上的输液管。护士把他领到墙角那儿一个空位上坐下,挂上输液瓶就走了。他疲惫地仰在椅背上,茫然地环视四周。好像十之八九都在摆弄手机,还有玩 iPad 的。前排座位上一个中年男子不停地打电话,我说……明儿咱们小范围内吃个饭,就是四个局长加上你和我……赵局家里有事来不了……不说了,六点半,未央宫……

旁边一少妇侧着身子看书,他俯身瞥一眼,哦嗬,《我的罗陀斯》——他双肩背包里也揣着这本书,这就不好意思拿出来看了。那是二十世纪七十年代上海的事儿，书里的男孩通过地下阅读找到了一个隐秘的精神世界，还有那种被唤醒的感觉，还有防空洞里的《伦敦德里小调》……充满怀疑与不满的岁月，梦里却是解冻时分。那时候——他想起老爸一句愤世嫉俗的名言，老爸说，那时候有脑子的人都在读书，不像现在读书的人都没脑子。其实老爷子根本就看不透眼下这世道，不知道门前门后水有多深。他抬眼从一排排座位上扫过去，留意到一对卿卿我我的恋人，那女孩正往输液的男孩嘴里喂巧克力。天呐！过来换瓶的护士竟把导管插到邻座的输液瓶上了。那一排排金属吊架，挨挨挤挤的输液瓶，密密麻麻的导管，就像是打开了线路杂乱的配电箱。甭管电路是否接错，甭管腹泻患者是否挂着牛皮癣的药瓶，这混搭疗法绝对是一奇招，支气管肺炎复发的卡夫卡插入大剂量激素一准变得愈加亢奋。我说……明儿咱们小范围内吃个饭，就你们几个局长加上我和老郑……姓赵的不来，那老小子鬼得很……说好了，六点半，未央宫……前排那人还在安排饭局的事儿。那边的房地产演说竟是越说越来劲："我靠！政府调控完全是自废武功，非但救不了实体经济，还拖累了金融体系，弄不好包括整个信用市场都得崩盘……"

他心烦意乱地闭上眼睛，真不知这几个钟头怎么熬过去。上午在图书馆听讲座，北京来的专家从欧债危机讲到安史之乱，让人听得心惊肉跳。阴谋论，弃船心理，经济学家竟拿马嵬之变说事儿，又是跨界又是穿越，莫非也插错了输液瓶？他想起小彩舞京韵大鼓《剑阁闻铃》里的词儿："孤灯儿照我人单影，雨夜同谁话五更？从古来巫山曾入襄王梦，我何以欲梦卿时梦不成？"玄宗入蜀十年之后，杜甫在夔州寻访前尘梦影，"江山故宅空文藻，云雨荒台岂梦思？"一迭声的慨叹写就了心酸的历史，庾信之萧瑟，宋玉之悲切，明妃之怨恨……一千多年前中国人就将语言文字玩得如此精妙，可也只是一个悲凉。

"……那又招谁惹谁了？靠！没有国家资本主义就没有老百姓的社会主义！"房地产演说家在两排座椅中间走来走去，胳膊上的导管终于从输液架上挣脱了。饭局电话仍是一个接一个，我说……明儿咱们小范围内吃个饭，就你们几个局长加上我和老郑……老赵嘛，您知道他就那点破事儿……嘻嘻，没错，老时间，老地方，餐后还是老节目……

丙集　革命

枫兜岭

从高架下来，地面竟堵得厉害。这当儿他接了老婆的电话（手机响过好几次了），老婆吩咐他去火车站接大菊的老公。大菊是他们家的保姆，她男人原在东莞打工，现在那边的厂子倒闭了，干脆来本市找活儿。于是快到路口时他突然变道，不顾一切插入左转车流，直奔火车站方向。今早出门时还问过大菊她男人什么时候来，只说是快了，不料真像e-mail 来得这么快。

驶经枫兜岭，他不由放慢车速，远远朝山坡上的小楼瞥了几眼。每回路过这儿心里都会泛起一丝微妙的怅意。那幢小楼早已修葺一新，现在成了富人会所。从山脚马路上望去，只能看到绿荫掩映的西山墙，那灰蒙蒙的青砖墙体很有一种幽玄气息。他知道，这中西合璧的二层小楼呈 L 形布局，跟周围蓊郁的树木圈起一个不小的院子。他还记得院子里有两株很大的枇杷树。还记得跟弟妹在树下枯井里玩躲猫猫。他在这楼里住过十几年，母亲曾是那家的女佣，就像现在自己家里那个叫大菊的保姆。

大菊老公来了要住家里，他和妻子商量过，也只能这样安排。好在家里还有地方。现在这个家少了大菊根本就不行。现在大菊说话的口气也越来越像家里的女主人了。

枫兜岭的房主人在他出生前就去了香港（以前客厅里挂着那人穿西装的照片，沐猴而冠的样儿），这房子留给了在大陆的一个侄女。那女人好像终身未嫁，瘦瘦的，性格有些古怪，很像奥斯丁小说里的老姑娘。小时候他随母亲叫她"太太"，后来又改称"孃孃"，因为母亲嘴里换作了"阿囝孃孃"（阿囝是弟弟小名）。那已是二十世纪六十年代，社会上都在批判"封资修"，所有的规矩都改了。原先老姑娘不让他父亲住到家里——虽有好多空房间，但老姑娘说那是"规矩"，一转眼善心大发，竟让父亲从厂里宿舍搬过来了。既是破了规矩，外面不搭界的人家也就跟着挤进来。先是楼下搬来两户，是街道主任安排的（这事情肯定有猫腻）。再后来便是"文革"，一夜之间私房充公，剩下的空房陆续分给了街道辖区的无房户。最后，只给老姑娘保留了楼上她自己那间卧室。那时候，算上两个杂物间安置的单身户，楼里总共住了十几户人家。那时候，收废品的老吴在过道里堆满了旧报纸和水泥袋，院子里摊着从医院收来的带血的棉球，招来漫天的苍蝇。区里专案组的大戚一到晚上就扯着嗓子吼上样板戏了，"早也盼晚也盼望穿双眼，怎知道今日里打土匪、进深山、救穷人……"

整个过程就像是科塔萨尔的《被占的宅子》。他很早就读过那篇匪夷所思的故事，却一直想不通作者竟没有给出一个理由——主人公的家宅为何被人侵占？他知道那叫"魔幻现实主义"，一方面很现实；一方面魔魔怔怔的变着花样。难道生活本身不是这样？大菊老公来了，想来喝酒是有伴儿了，麻将也正好凑一桌。到时候两家人是在一张桌上吃饭吗？这事儿还没听老婆说起，或者到时候看大菊怎么安排。

车站钟楼的尖顶隐隐在望，他在琢磨哪儿有停车泊位。大菊的孩子还在乡下，终有一天也会到城里来的。甭想那些。他记得科塔萨尔书里的一句话："活着，可以不思考。"

红房子

石鼓街有座小教堂，本地人称之红房子。其实是一青砖小楼，只是门窗拱券皆用红砖砌成，立面夸饰的风格给人印象特深。从前他不知道这房子就是教堂，那儿有一爿邮局，门口矗着一个老大的绿邮筒。他想起那几句让人嗤嗤发笑的儿歌："青草地，西瓜皮，王八盖子，邮电局！"从前走过那儿，心里总想，何不都刷成绿颜色？

房子里边阴森森的，木头叶片的老式吊扇慢悠悠地旋转着，空气里带着一种黏稠感。他抬头朝上看，斑驳的彩绘已不可辨认，记得那时候穹顶上画着踏在谷穗上欢跃的儿童，还有宇宙飞船遨游太空什么的。中国特色的浪漫叙事覆盖了许多历史记忆，早先那儿应该是"创世纪"或"末日审判"之类。邮局里只有一个办事员，就是被称之谢阿姨的年轻女子。竟想不起人家的面容了。从窗缝里望去，她总是趴在柜台上看书。翻开一本名叫《远离莫斯科的地方》的苏联小说。印象的片断纷至沓来。一袭碎花布连衣裙，一柄绘有三潭印月的油纸伞，依稀飘过曲里拐弯的石板巷子……他们蹑手蹑脚尾随而去，就像电影里的地下工作者（或特务？）。阿妹说，长大了也要穿她那样的连衣裙。

红房子出事了！谁也不知道那天晚上她为何又踅回去了。第二天，积满尘垢的窗棂后边传出各种流言蜚语。其实他差一点就目睹那惊心动魄的一幕，可是阴差阳错地拐进了另一条巷子，也许……也许是他根本就无法承受事情的真相。他总觉得阿妹应该知道些什么，却没法撬开她的嘴巴。生活没有真相——多年以后，这句话成了阿妹信里的口头禅。他想不透，她怎么能守着这地方过一辈子？

如今这儿成了市级文物保护单位，邮局早搬走了，房子仍空着。除了这红房子，整条街上的旧宅早已荡然无存，现在这一片是叫做"迈阿密小镇"的高尚社区，门口的保安打扮得跟特警似的，牵着狼狗遛来遛去。电影里若是出现迈阿密或是拉斯维加斯，总会弄出傻兮兮的搞笑气氛。他想，那是一种过度享受的丑态。若是镜头里换作眼前这小城，会拍成怎样一部电影呢？他想起福克纳和麦卡勒斯的某些故事，记忆中所有的片断和细节搅成了一团。

走的那天，他给她发去短信：何事苦淹留？回复曰：日晚倦梳头。

昨日的世界

历史，或许就是若干相似性过程。他在梦里想到这句话，醒来居然还记得，就写到本子上。他那个软面笔记本记着许多梦话臆语，还有脑子里倏忽闪过的一些不成句子的东西。街上拉稀似的呻吟。卡尔维诺和熨斗。在嗡嗡作响中进入临战状态。诸如此类。

窗外阳光灿烂。楼下被砸坏的丰田车还没有拖走，豁裂的天窗里钻出一株叶片摇曳的散尾葵，不知谁家把扔弃的盆栽塞到那窟窿里了。嗡嗡的口琴声里，窗口的阳光一颤一颤。

斯蒂芬·茨威格在《昨日的世界》序言里写道："……《约翰启示录》里那几匹苍白的马全都闯入过我的生活，那就是革命和饥馑、货币贬值和恐怖统治、时疫疾病和政治流亡。我曾亲眼目睹各种群众性思潮的产生和蔓延——意大利的法西斯主义、德国的国家社会主义、俄国的布尔什维克主义，

《昨日的世界》

尤其是那不可救药的瘟疫——毒害了我们欧洲文化之花的民族主义。"茨威格有生之年正是所谓民族国家理论逐渐控制公众生活的岁月,逐渐——直至包括其本人在内的大批欧洲知识分子流亡世界各地,包括犹太人和非犹太人。

牙医诊所对着菜场,他拔完牙就在门口抽烟,心想没准菜贩与牙医是一种共谋关系。看见那条狗一瘸一拐地走来,忽然就想起往时的一幕。锈蚀的水龙头拧不出一滴水,车厢里的臭味简直能把人熏死。吹口琴的技校女生叫什么来着,怎么也想不起了。

一九六六年九月的一天。列车在津浦线一个小站上停了八个小时,起初没人敢下车,因为说是临时停车。闷热的车厢里密密麻麻都是人,挤来挤去,红卫兵们就打起来了。他和几个同伴被人扔出了车厢。其实他们并没有动手,问题出在臂上的袖章,人家是"红卫兵",他们那上边印的是"红卫队",这一字之差让人看出是冒牌货。刚才还打得昏天黑地的几拨人转过身就一起扑了上来。历史的车轮隆隆而去，他们被抛在荒凉的站台上——暮色苍茫看火车，驶往北京的红卫兵专列终于从视线中消失了。呜呜咽咽的口琴声让人心碎。站上工作人员告知，半小时后有一列南行的货车临时停靠，他们可坐列车尾部的守车回家。

茨威格从早年起就养成一种临时观念，即便有钱也不置办像样的家具，人家不想将自己拴死在维也纳。可是，他不能像老茨那样四处漫游和漂泊。如果将人生收拾到拉杆箱里，可能会有许多故事。他在本子上写下一个故事提纲。满街拉稀似的呻吟。他在嗡嗡作响的引擎声中睡去。舟车逆旅不妨是一个想象的世界。他听见呜呜咽咽的口琴声，听见一个声音咿咿呀呀唱道：灯儿又不明，梦儿又不成。窗儿外渐零零的风儿透疏棂，忒棱棱的纸条儿鸣。枕头儿上孤零，被窝儿里寂静。你便是铁石人，铁石人也动情。

半亩隙地

一九六〇年代初的某个早晨，期盼着年轻女教师的粲然笑容，他和别的孩子一样饥肠辘辘地走进教室。那堂语文课讲述许地山的散文名篇《落花生》，许多年以后他还记得老师带着同学们一起朗读课文的情形——"我们屋后有半亩隙地。母亲说：'让它荒芜着怪可惜，既然你们那么爱吃花生，就辟来做花生园罢。'我们几姐弟和几个小丫头都很喜欢——买种的买种，动土的动土，灌园的灌园；过不了几个月，居然有收获了！"他记得老师挺起身子在黑板上方写了"隙地"二字，还在"隙"字旁边注了拼音。

其实，课文中描述的劳动和收获的喜悦毫无动人之笔（现在想来那是文人书斋里的附会），却是花生勾起的食欲让人备受煎熬。他不由想到冒着热气的炉灶，想着盐水煮花生的香气四溢。窗外那株冬青树在风里闪了一下，秋日的阳光在枝叶间晃动，年轻的女教师继续领着大家读课文——"妈妈说：'今晚我们可以做一个收获节，也请你们爹爹来尝尝我们的新花生，如何？'我们都答应了。母亲把花生做成好几样的食品，还吩咐这节期要在园里的茅亭举行。"

如果不是"隙地"二字，他早该忘了那篇充满说教的课文，饥饿带给他一个想入非非的念头：要是自己家里有一块"隙地"就好了。那时人们似乎不曾有"资源"的概念，但他知道那些劳动和收获的喜悦，那些做人的道理什么的，就跟馋人的花生食品一样全是从那半亩隙地上来的。四十年后，他在王安忆小说《富萍》里读到外乡人在上海谋生的故事，深深感动于人们卑微的生存意识——那种从苦难和艰辛中获得的喜悦才是实实在在的感受。如今他明白了许多事理与法则，譬如底层小民不可能占有任何"资源"之类。然而，卑微者也会有"机遇"的恩赐，那机遇便在于日常打拼中的居易

《富萍》

俟命。小说中船工孙达亮在上海棚户区买下一间二十二平方米的小屋，嫁给残疾青年的富萍也有了自己的房子——挨着婆婆小披屋的山墙，她和丈夫搭建了一个更小的披屋，读到这些地方他心里真是百味俱生。他知道那破屋陋室意味着安身立命，意味着上海户口，意味着子女上学和就业都有了着落。那是四十年前，就在他感叹自家没有"隙地"的时候，孙达亮和富萍们在上海有了自己的立锥之地。

个人阅读经验往往偏离文学的审美原则，甚至跟主题命意毫无关系。他读小说总是替书里人物的生计操心，最怕碰上人家揭不开锅的窘境，小时候在《世说新语》里读到陶母割发待客的故事心里就难受半天。曾见报上介绍现在有人在搞私人阅读史的调查，他想象不出那是怎样一种关注。据说，调查的目的是找出过去若干年里影响公众阅读的都有哪些书籍，听上去像是评选最佳畅销书一路。平均主义的统计数据毫不留情地抹去了个体偏嗜，把私人感受描述为公众阅读的正态分布密度函数。其实照他看来，私人阅读就是混杂着个体经验的"误读"，更是书林歧路间的孤独之旅，充满了人生的荒凉与荒谬。

孤独中必有期待，就像马尔克斯小说《没有人给他写信的上校》中的上校。还有无人唱和的诗人也是一样寂寞。天宝十年，杜甫困居长安，整日唧唧歪歪，乃谓：秋，杜子卧病长安旅次，多雨生鱼，青苔及榻，常时车马之客，旧雨来今雨不来……

生物课

　　他和小褂子、大毛毛成绩都不赖，却是时常挨批的"差生"，因为是班里最会捣蛋的"三剑客"。那时讲政治、讲纪律，不讲成绩。

　　初一就开了生物课，原以为这门课很有趣，可是课堂上从来就逮不着好玩的东西。学校实验室旁边的贮藏室里有许多草木虫鱼的教学挂图，老师讲课却不用它，都筒成一个个卷子堆在角落里，上面积满了灰尘。有一回，他和小褂子从窗台上爬进那个屋子，拿了几个卷子到教室里。大毛毛抢过来一瞧，哇哇哇地嚷开了，于是忙不迭挂到黑板上，让大伙都来看。上面画着各色各样的马，有的是形状各异的恐龙，还有蝴蝶和毛毛虫之类。班里的同学都很兴奋——正好是自修课，大毛毛最喜欢趁老师不在时活跃课堂气氛，从讲台上拿起教鞭，指指图上的蒙古马说："看清楚了，当年秦琼卖

马，卖的就是这种黄膘马，它一个明显特征是——"这家伙学着老师的口吻滔滔不绝地说个没完。旁边一幅图上是模样威武的剑齿龙，小褂子故意问："那么，这敢情就是闻太师胯下的黑麒麟？"教室里发出一阵哄笑。大毛毛被惹窘了，用教鞭拍着讲台大吼："别打岔——麒麟嘛，属于一个特殊门类，我们下半学期再讲。"大毛毛说着说着，陡然发现，生物老师竟已板着面孔站在教室门口！原来班长早早跑去告密了。结果，大毛毛被老师带走，在办公室罚站到晚上。

那时学生被罚站是常事。那时刚有学雷锋运动，班干部"反映情况"很积极。

初一生物课讲的是植物，在他们看来简直乏味透顶，什么细胞膜、细胞壁啦，还有那些胞液、胞核之类，讲个没完没了。他们从小就在野外玩惯了，上树粘知了，下水摸黄鳝，接触的都是鸢飞鱼跃、生趣盎然的自然景观，换了从显微镜下看世界，怎么看都是一片模模糊糊的幻影。好不容易熬到初二，终于讲到动物了，可是还得从什么草履虫、鞭毛虫那些原生动物讲起，他们觉得很没劲。有一回，老师布置大家画草履虫，还要画出那玩意儿的细胞构造，真是烦透了。小褂子把那个草鞋底似的形状稍加改变，画成了班长的尊容，葫芦状的脑壳，架一副圆溜溜的眼镜。大毛毛看了很解气，也照他的样子画。老师在他们的作业簿上批了一句话，这是什么东西？他俩瞧着那句批语，不由放声大笑。

想起来，最有意思的一节生物课大概就是解剖青蛙了。老师事先吩咐，解剖实验用的青蛙要大家在课余时间去捉来，每人至少一只。他们那是城郊的寄宿学校，宿舍附近就有溪流和水塘，夜里常是"听取蛙声一片"。可女生一听这事儿都摇头，都说不敢去捉。老师说："男同学们是否能帮助一下？"大毛毛便自告奋勇地表示，全班女生的青蛙都由他们几个包了——大毛毛一张口必然捎带着他和小褂子，用现在的话说他俩总是"被代表"了。到了做解剖实验那天，大毛毛拎来一个脏兮兮的布袋，里边那些玩意儿在不停地蹿动，吸引着众多女生的目光。当女生们把目光转向他们三个，大毛毛这捣蛋鬼仰着脑袋直瞅天花板，像是要飘飘欲仙了。他和小褂子也有些得意，虽说那都是大毛毛自己去捉的（谁让他那么积极），他俩也乐得美滋滋地享受女生们的注视。

老师把解剖实验要领讲完后，便给女生们分发青蛙，不料从布袋里捞出的竟是一坨黄褐色的东西，自己也吓了一跳。手一松，那玩意儿啪地摔到实验桌上，原来是一只蛤蟆。这当儿撒了口的布袋里一下蹦出几十只蛤蟆，四处跳散开去。女生的尖叫和男生的嬉笑顿时混作一片，实验室里几乎乱成一团。当然，后来解剖实验照常进行，事到临头也只能用蛤蟆代替青蛙了。老师不得不解释说："这叫蟾蜍，道理是一样的，它是青蛙的近亲，也属于两栖纲无尾目……"

课后，小褂子、大毛毛和他被叫到办公室里去了。老师训话的时候，他们仨嘴里还嘟囔个不停："你不是说道理是一样的么？"

他们与狗

　　那狗退后两步，然后就一动不动地待在那儿，打量着滚到它面前的一只菜包子。蝉在树荫间嘶鸣，婆娑的树影摇来摆去，投下一片花花斑斑的光晕，使那包子看上去愈发可疑。趴在树篱后边的两个孩子屏息静声地等待着，看那狗如何消受送到眼前的美餐。大毛毛预言，它吞下去肯定没事，可是小褂子却期盼着能在狗嘴上扎出个窟窿，因为他们在包子馅里做了手脚，塞进了一撮锈迹斑斑的小钉子。

　　狗像是在那儿思考，足足过了一两分钟，那黄黄的身子才开始抖动起来，只见尾巴一甩一甩地靠上去，用鼻子嗅那包子。它伸出一只爪子，把那包子拨动一下，猛地衔起就跑。两个孩子跟着一跃而起，急忙从树篱后边蹿了出来。那狗见了人却停下了，竟是一点不怕他们，大模大样地吞嚼起来。嚼着嚼着，这就觉出不对劲了——小褂子瞧着它那副呲牙咧

嘴的架势，心想它该吐了。可是，随着一阵咔嚓咔嚓的响声，那只铁钉馅的包子居然爽快落肚。正像大毛毛说的，它一点没事！小褂子可有些失望，省下一只包子就是为了惩罚这条恶狗，谁料偷鸡不成蚀把米，这下倒还美了它了。

上自修课的时候，小褂子向大毛毛提了一连串的问题：狗怎么能把钉子吃下去？它是不是把钉子嚼碎了？它胃里受得了吗？……还有，狗吞进嘴里的东西是不是不会吐出来？大毛毛把所有的问题都记到一个笔记本上，这家伙听课都从来没这么认真。最后，他转过脸诡谲地笑笑，I don't know！大毛毛爱甩洋腔，老师说他英语发音不错。

不过，无论如何那狗还得受点教训。那条狗是食堂炊事员黄师傅养的，大家都叫它"阿黄"，也实在可恶，老是跟他们过不去，每当他们趴在食堂窗台上等候开饭的时候，它不知从什么地方就钻出来了，死死地咬着衣服把他们给拽了下来，有一次还把大毛毛的汗衫给扯得稀碎。其实那狗并非不通人性，看到校长和教导主任来食堂打饭，便是一路摇晃着尾巴，做出很恭顺的样子。

他俩早就下了决心，非得给它一点颜色瞧瞧。大毛毛想出的损招果然厉害，后来他们终于使上了这一手，就是把一串鞭炮拴在狗尾巴上，用那炸声吓它。果然，等到鞭炮噼噼啪啪地炸响了，那狗就像疯了似的四处逃窜，从食堂的桌椅间夺路而出，直蹿对面二楼校长室，又从楼上纵跃而下……纵使一路狂奔，总也逃不脱那般震耳的魔咒。

从那以后，那狗就蔫了，真的是变了样了，见到大毛毛和小褂子会乖乖地摇摇尾巴，依顺地踞蹲在一旁。他们拍拍它的脑袋，它仰面伸出长长的舌头，把他们的手掌舐得痒痒的。小褂子发现，那狗的眼睛里总有一丝哀怜的神色。他说，咱们是不是做得过分了？大毛毛想了想，说 I don't know！为了这事儿，他俩都受了处分。

数学课

黑板上写下了一道题——

已知：$-\ \leqslant\ \beta <$，$3\sin2\alpha - 2\sin2\beta = 2\sin\alpha$

试求：$\sin2\beta - \sin2\alpha$ 的最小值。

老师转过身，问哪位同学能上来给大家演算一下。他犹犹豫豫地举起手，逡巡的眼神四下转悠一圈，发现别人并没有要上去露一手的意思。这一堂是新课，能解出黑板上这道题的恐怕没几个，他、大毛毛、小褂子，还有学习委员花大姐（一个满脸雀斑的女生）。可老师好像没看见他举手，只是盯着前排的几个女生看。女生们都摇头，或是矜持地躲着讲台上的目光。沉吟有顷，老师忽然伸出两根纤长的手指，从粉笔盒里叼出一支淡绿色粉笔，转身便在黑板上演算起来，嘴里一边讲解着。

解：$\because -\ \leqslant\ \beta <$，$\therefore -\ \leqslant \sin\beta <$，$0 \leqslant \sin2\beta <$，$\therefore 0 \leqslant$

$2\sin2\beta<1$, $\therefore 0\le 3\sin2\alpha-2\sin\alpha<1$, 即 解 得 $\le\sin\alpha<1$ 或 $-<\sin a\le 0<p>$, $\therefore y=\sin2\beta-\sin2\alpha=(3\sin2\alpha-2\sin\alpha)-\sin2\alpha\cdots\cdots$

粉笔在黑板上划出哧啦哧啦的声音，老师侧着的身子渐渐弯下去，蓬松的二分头一甩一甩的，他觉得那是一种极潇洒的样子。那时候没有"酷"这说法，也不说"有型"什么的。整面黑板几乎都写满了，最后手里只剩下一截短短的粉笔头。这当儿，突然一个转身，就把那粉笔头掷向趴在课桌上偷看课外书的小褂子。从转身到出手是一个连贯性动作，那叫迅雷不及掩耳，压根没有停下来瞄准的工夫。小褂子捂着脑袋吱哇乱叫，教室里哗地响起一片哄笑。

其实，小褂子在数学上很花心思，老师这会儿讲的他提前几天就预习过了。这家伙只是喜欢摆出一副掉以轻心、不屑用功的架势。还有大毛毛，也像是不求上进的样儿。可是每到晚自修，老师不在的时候，他俩总是凑到一起讨论数学题。他手里有许莼舫的《代数和初等函数学习指导》和《平面几何四种》，那些书上的题目他们几个一道道都做过。花大姐总想凑到他们这一堆里，一过来他们就嘻嘻哈哈说别的，弄得人家很没趣。肯定是花大姐在老师面前告过状了，所以老师不喜欢他，更不喜欢小褂子和大毛毛。

可他们喜欢老师。老师姓范，从师范学院毕业才两三年，课堂上的一套已是出神入化。数学课讲公式讲定理最要紧，例题演算自是老师的拿手好戏，那里边有一大堆"因为"、"所以"的关系，并不是每一个数学老师都能讲得丝丝入扣。讲完了最要紧的，也就是到了第二节课最后二十分钟，老师会扯到课本以外，就是数学上的一些趣味话题。丢番图的墓志铭之谜，哥尼斯堡七桥问题，诸如此类。从一道函数题讲到帕斯卡三角和二项式展开，从对数运算讲到矩阵、行列式什么的。只有这时候小褂子才腰板笔直，像个好学生。

初三学平面几何，小褂子到处搜罗难题、怪题。范老师时常要敲敲警钟，别走"白专道路"啊！忍不住说起五七年"反右"，却欲言又止。

男厕所的板壁上，照例是淫秽涂鸦的地儿，不知谁用圆珠笔写了一道平面几何难题。有人做了一半求证不下去了，又有人接着往下做。还有人画了图，添了辅助线，这下一切都迎刃而解。他认出那是范老师的字迹。旁边，谁又给出另一种更简单的证明，他对着那歪歪扭扭的字符辨认了半天，发现那是小褂子写的。

化学课

几乎半个世纪前，一个炎热的下午，铁皮屋顶被太阳晒得嘎吱作响，疯狂的蝉嘶在耳边不停地叫魂。实验室里没有一丝风，满头大汗的化学老师晃悠着手里的烧杯，在给同学们做示范。现在他还记得老师那张透着自信的娃娃脸，甩甩二分头露出诡异的笑容，像是要透露点石成金的秘诀……那堂实验课是用小苏打和柠檬酸制做汽水。烧杯里吱吱冒泡的液体仿佛一壶琼浆玉液，他尝了一口，味道真好。一不留神，小褂子往他烧杯里加了一小勺高锰酸钾，变成红色的液体更像是一种诱人的饮料，他一口气咕咚咕咚地灌了下去。喉咙里火烧火燎。恶心，腹痛。忐忑，晕眩。实验室的铁皮屋顶开裂了，满眼的星星朝那个窟窿里奔蹿，奔向遥远的宇宙……

化学这门课他学得很差。很长时间听不懂老师的乡下土话，不明白老师怎么总是嚷嚷"太酸了……太酸了"，那些酸碱盐什么的总让他想到厨房里的坛坛罐罐。母亲和外婆在嘀咕馒头碱大了，腌菜又咸了。黑板上写出分子式 Na_2CO_3，老天，原来是说碳酸钠。他像背英语单词那样死背分子式、反应式、化合价。一价钠钾银氢氯，二价氧钙钡镁锌，二三铁，二四碳……可是，那些教室里的江湖黑话还没等记熟，学校里就乱成一锅粥了。大家开始背诵毛主席语录，如痴如醉地吼唱红歌，然后就分成两派或是几派开始打打杀杀。小褂子、大毛毛一帮混小子占领了铁皮屋顶的实验室，不知从哪儿搞来成吨的硝酸铵，在里边鼓捣土制炸弹。娃娃脸的化学老师被打傻了，甩着二分头闪露诡异的笑容在操场上又唱又跳，竟称课堂上讲授的化学方程式全是密电码。

一七九四年五月八日，五十岁的化学家安东尼·洛朗·拉瓦锡在巴黎被送上了断头台。他不知在哪本书里见过那恐怖的一幕，人头落地之际一张娃娃脸还使劲儿地眨巴眼睛。拉瓦锡是贵族，是捐税局的董事，在大革命的风潮中自是难逃厄运。有人说是雅各宾派领导人马拉跟拉瓦锡结了梁子，马拉写过一篇论证火是元素的论文，企图借此入选法兰西科学院，正是拉瓦锡把他给否了。人们希望法官念着拉瓦锡的科学贡献放他一马，可是革命法庭宣称"共和国不需要科学家"。那时候法国

人牛 ×，绑架了德先生，干掉了赛先生。

　　许多年以后，他读到一本名为《化学的历史背景》的科普读物（一个叫亨利·M.莱斯特的美国教授写的），才知道拉瓦锡是整个现代化学的奠基人，如今生活中许多奇妙玩意儿没准正是拜他所赐。又过了许多年，他忽然意识到，在一个盛行革命、崇尚科学主义和奇技淫巧的国度，化学难道不比什么儒学和国学管用？改革是石破天惊的催化反应，更是令人匪夷所思的化合反应。他想起列宁那个著名的科学发展观公式：苏维埃＋电气化＝共产主义。以现实情形而论，电气化之后更有化学化一途。从三聚氰胺、盐酸克伦特罗、邻苯二甲酸盐到各种生长激素和食品添加剂，那些无奇不有的分子式莫非是植入记忆深处的源代码，以便适时启动另一个平行世界？

　　二〇一一年是第六十三届联合国大会确定的"国际化学年"，他注意到新闻报道中有一个响亮的口号：化学——我们的生活，我们的未来！

革命（一）

"文革"来了，红卫兵要砸庙。那是一座古刹，有上千年历史。另一拨红卫兵闻讯而至，坚决不让砸。两拨人马在大雄宝殿前对峙着，唇枪舌剑地干上了（难免有些肢体冲撞，好歹让自家人拽住）。不过那种场面绝无粗言秽语，双方都是用革命口号压制对方，这边喊"横扫一切牛鬼蛇神"，那厢回以"提高警惕，牢牢把握斗争大方向"……口号喊得乏味，又唱起"语录歌"。那时候毛主席语录都谱成了歌曲，人人会唱。

砸庙派歌声气贯长虹——革命，不是请客吃饭，不是做文章，不是绘画绣花，不能那样雅致，那样从容不迫，文质彬彬，那样温良恭俭让。革命是暴动，是……保庙派也用歌声回应，唱得理直气壮——政策和策略是党的生命，各级领导同志务必充分注意，万万不可粗心大意，万万不可……

砸庙派继续气贯长虹——反动派，你不打它就不倒，这也和扫地一样，扫帚不到，灰尘照例不会自己跑掉！保庙派依然理直气壮，且更有些耐人寻味——谁是我们的敌人？谁是我们的朋友？这个问题是革命的首要问题……

一方鼓吹造反有理，一方强调要审慎细察。一方是揎拳捋袖，亟欲出手；一方是见招拆招，严防死守。砸庙派呐喊革命，疾呼暴动；保庙派则讥嘲对方根本没搞清什么是革命的对象——革命革到泥菩萨头上，按那年头的说法，无疑是转移斗争大方向。

千般不是 / 万万不可，都是毛主席教导。革命，革革命，或是革革革命乃至革革革革……都在一个思想里寻找自己的武器，都在一套话语框架内死掐。

双方掐累了，坐在地上休息。这时来了一支红卫兵宣传队，一问是外地来串联的，载歌载舞地跑到场地中间，那架势就像 NBA 啦啦队的场间热舞。自然也是"语录歌"伴唱，那帮男生女生唱得格外动情（那曲子本身赖赖唧唧的有点意思）——我（哦哦）们共产党人，好比（哇）种子，人（嗯嗯）民好比（呀）土（哇啊）地……领唱的女生朝这边做一手势，砸庙派齐声跟上——我（哦哦）们到了一个（呀）地方，就要同那（啊啊）里的人民……领唱的男生朝另一边打起拍子，保庙派也加入了合唱——就要同那（啊啊）里的人民结合起来，在人民中间生根开花，在人民中间（啊）生根——开花！

这并非什么场间插曲，而是另一场斗争的序幕。歌声一停，便有手持锄头铁耙的农民蜂拥而入，将一些和尚押进场地中间。"打倒封资修！""无产阶级革命派联合起来！"口号声中，蔫头耷脑的和尚让外来红卫兵和当地贫下中农一顿暴扁，被戴上纸糊的高帽……这就开起了批斗大会。转眼之间，砸庙和保庙的全傻眼了。

屈指算来，那是四十六年前的事情。他在现场目睹乱作一团的人群，听得电喇叭里叽里呱啦地乱嚷。纠察队纠察队……看住和尚，别让他们跑了……形势急转直下，几方红卫兵和贫下中农的头儿在旁紧急磋商，却是谁也不服谁。翌日，几派人马都撤了——北京急电，周总理指示庙不能砸。于是砸庙派和保庙派各自回到学校，揪斗校长和老师去了。

革命（二）

那年（那是"文革"第二年还是第三年？）他在缅北山区打游击，队伍打散了，革命告一段落。在掸人寨子里躲了半年，跟房东女人好上了。他在油灯下读《论持久战》，女人凑着灯光擦枪，枪栓哗啦哗啦地响，脖颈上丝丝缕缕的痒……血色浪漫的岁月一去不返，如今竟想不起那段故事怎么开始的。歌声突然就停了，接着就是喊喊嚓嚓的脚步声，听见丛林里窸窸窣窣……无风的夜晚擤个鼻涕也惊心动魄。那时还不知道老爸被关进"牛棚"，几个月后不明不白死了。那时他在山里转晕了。

他一直没弄明白老爸他们的学生运动是哪一年，一会儿说鬼子，一会儿说老蒋。老爸的革命历史一向是餐桌上的教子方，几盅烧酒落肚，忆往昔峥嵘岁月稠。我像你这么大就给地下党印传单，吱啦吱啦推着油墨辊子，心想一口气推到

共产主义。那时一个大洋能在太白楼办两桌酒席，你说你现在能干什么！现在炒四季豆撒点辣子凑合事儿，过去厨子是用红糟干贝猛火急煽！说起游行集会，老爸总走在前头。省党部一班龟儿子说来就来，那回卡车吉普车堵了一条街……好在老爸的老爸在城里有头有脸，他前脚进了局子后脚就走人，警察局长还得好言相劝：二公子你得听我的，革命就像打麻将，牌打得小一些，才能打得久。

现在想起来真是万幸，丛林里居然捡回一条命。伕佤山区往北一路艰险，多亏遇上两个国民党老兵，当时已经走不动了。浑身发烫，又饿得不行。那上士排副说他们是当年胡康河谷战役打散的，廖长官所辖新二十二师掩护撤退的侧翼。奇怪，人家所称远征军这事儿，他怎么一无所知？廖长官原来就是廖耀湘，他想那应该是新六军，不是早在东北战场让解放军给收拾了吗？电影《黑山阻击战》说的就是这个。他不便跟他们争论，国军弟兄管吃管喝，还给他治病疗伤。最后，他们送他过了分水岭，分手时上士排副嚎啕大哭。

老爸被打成刘少奇白区路线"黑典型"并不奇怪，不说别的，多次被捕的经历就交代不清。警察局长出面保释的事情说得清吗？但有人说老爷子性子太硬，跟专案组顶得厉害，还抱怨伙食不好。老爷子在"牛棚"里也跟人胡侃当年太白楼的椒麻鸡、府学街的金钩抄手。如果说老爸的革命叙事离不开吃吃喝喝，那么在他这儿就是男男女女的事了。上士排副一辈子惦着衡阳突围撇下的湘妹子，他倒狠心离开了仙袂飘摇的山寨。他从不跟人说起从前那一段。现在他经常叮嘱儿子，千万别给我出去惹乱子，你要是摊上事儿我可管不了！其实儿子根本不上街，成天宅在网上。吃饭也从网上叫外卖。没事却被什么人找去喝咖啡。他很紧张，可小子硬说没事儿。人家说得挺逗，革命就像打麻将，牌打得小一些，才能打得久。

玫瑰的歌声

　　楼上有人弹琵琶，那曲调很熟悉，他听出是新疆民歌《送我一朵玫瑰花》。心里像是让什么东西拨动了一下，然后慢慢就想起歌词了："你送我一朵玫瑰花，我要衷心地谢谢你。哪怕你把自己看作傻子，我还是深深爱上你……"

　　记忆把他带回四十多年前的北大荒，那是下乡的第一天。一座由旧仓库改建的大通间里塞进了上百个知青……四周乱哄哄的，空气里弥漫着农药和机油味儿。大家开始收拾自己的铺位。这叫什么破地儿，疯狂的时代列车就这样无情地把他们甩出去了。阿窦从摊开的铺盖卷里抽出一把小提琴，一脚把行李踹到地上。彼时彼刻，除了那把琴，天地之间似乎什么都不存在了。那边，大毛毛也拨弄起吉他来了。突然，他就听见了那首玫瑰花的乐曲。陆陆续续有好几把小提琴加入进来，还有一支单簧管，很快又响起手鼓的节拍。最后大家都扔开行李加入了合唱。歌声里带着无奈和愤慨，还有那么一丝兴奋，手里没乐器的便用勺子敲着搪瓷饭盆。上百人声震屋瓦的歌喉形成了二部轮唱，混在一起像是风在吼马在叫——花儿一样一样可爱可爱的百灵鸟儿，你怎么怎么舍得将它将它抛弃抛弃！

正唱着吼着，农场"革委会"主任带着一帮人进来了。满地狼藉的情形让那些领导大吃一惊。领导们是来问寒问暖的，所到之处想来应该是一片掌声和口号。可是，在排山倒海的歌声中，他们面面相觑地傻站在那儿，不知道说什么好了。当歌声骤然打住，主任脸上马上漾开平易近人的笑容，连声夸赞唱得好，又问唱的是什么歌曲。这当儿全场鸦雀无声，大家陡然意识到麻烦来了，这首爱情歌曲（当时更正式的说法是"黄色歌曲"）绝对犯忌，绝对属于"封资修"。没想到竟是大毛毛上去堵枪眼了，这哥们儿挟着吉他一摇一晃地挤到前边，卖弄地说："没听过吧？阿尔巴尼亚民歌，啦啦啦啦咪哆咪咪……《山鹰之歌》呗！"

阿尔巴尼亚绝对是苦大仇深、根红苗壮的主儿，那个东欧小国当时跟中国好得能穿一条裤子。大毛毛真是有急智，就这样糊弄鬼子似的化解了一场意识形态灾难。后来阿窦对这家伙佩服得五体投地。真敢唬人啊，也不怕穿帮。领导们

离开后，大家嘘的一声全都瘫倒在铺上。那天的事情是他走上社会的第一课，他开始明白生活是怎么教人撒谎的。他大声朗读普希金的诗歌《假如生活欺骗了你》，心里莫名其妙地诅天咒地，"一切都是瞬息，一切都将过去"，这轻飘飘的一句话也是谎言。他回想起数十年间的风风雨雨，那是无数个瞬间连在一起的时间深渊，生命竟沉沦在谎言中而万劫不复。

当然，那天的事情还给他留下了许多教益。在以后的岁月里，他一再思索这样一个问题：当时有上百号知青在场，为什么没有一个人站出来揭穿大毛毛的谎话？那可是个邀功求赏的机会啊。答案只有一个：所有的人都被阶级斗争的恐惧绑在一起了。

有一点他百思不解，那只是一首爱情歌曲，怎么让大家唱得震天动地、气贯长虹？音乐这东西真是很奇妙，歌里明明只是一个姑娘的单相思，却从上百个男生嘴里唱出了《国际歌》那样的气势。没有爱情的季节自然没有失恋，可是从那一刻起，理想已经幻灭。

兔子打鱼

那年头，苞米地里没有多少故事。

兔子想当拖拉机手，终于没当上，头儿说机耕队眼下不缺人。其实机耕队用的都是农场子弟，从来不要知青。头儿见兔子身强力壮，问道能不能吃苦，兔子便咧嘴憨笑。这憨笑让头儿挺满意，于是便打发他去江边捕鱼。捕鱼也算是好差事，兔子转身大乐，一溜烟跑回宿舍收拾行李去了。

捕鱼队是刘哆嗦的地盘，他手下还有两个人，哑巴王和老孙。老孙专管做饭，哑巴王干粗活。兔子去了，也跟哑巴王一样给刘哆嗦打下手。那天正好赶上挪窝，从南岸移到北岸，刘哆嗦吆吆喝喝地指挥大伙拆帐篷、拾掇锅碗瓢盆。兔子觉得刘哆嗦挺有型的，那张饱经风霜的老脸处处透着精明与睿智，额前飘着的一缕花白头发也蛮像回事儿。"傻呆着干啥？还不赶快动弹！"刘哆嗦一声吼，把兔子吓得七魂悠悠。

东西都搬上了那只趸船，哑巴王撑起篙杆，船就离了岸。刘哆嗦把着舵，船顺水漂流，渐渐地往对岸靠近。革命军人个个要牢记……老头用他嘎哑的嗓门唱起了歌，把整条松花江搅得稀里哗啦。开始，兔子还纳闷：这船没有动力，又那么大，怎么能划过去呢？不过二十多分钟，趸船就稳稳当当地靠上一处满是鹅卵石的滩头，刘哆嗦照例又是一阵咋咋乎乎，大伙又是一阵忙乱，卸下东西便去找地方搭帐篷。

松花江是一条大河，在黄昏的余晖下有一种浑穆的庄严。顺着波光粼粼的江流，兔子把视线抻得老远，喃喃地感叹着，仿佛感受到时间长河从容不迫的历史延伸。他想，这大概就是所谓"长河落日圆"的意思了。太阳慢慢落下去了，圆月升起来了，照例是那么皎洁、清亮。老孙在帐篷里做饭，热气吱啦吱啦地顶着锅盖，鲇鱼汤的气息弥漫四周。兔子问刘哆嗦，明天就能下网打鱼么？刘哆嗦捻着腮边七长八短的胡须，叫他别着急。老头一笑，嘴里露出一处豁豁，那儿缺了一颗上牙。

吃饭的时候，老孙说他想回家看看，刘哆嗦瞪他一眼，他便不吱声了。刘哆嗦也不说话，大伙都埋头吃饭，只听见汤匙刮着搪瓷碗盆的声音。最后，一个个撂下碗盆，哑巴王便拿去洗了。刘哆嗦伸一个懒腰，说："今晚没风，睡个好觉。"兔子把马灯捻亮一些,从背包里掏出一本四角卷起的《宋词选》,翻看起来。"睡觉!"刘哆嗦伸手把马灯捻灭了。不多会儿,老头发出均匀的鼾声,哑巴王也睡了,只是老孙不住地翻身,把枕头瓢子碾得吱啦吱啦地响。就着帐篷口透进来的月光,兔子从背包里找出一把口琴,蹑手蹑脚出了帐篷。

松花江静静地流淌着,在柔和的月光下泛着银白色的光斑,一只水鸟投下一闪一闪的阴影,一会儿就不见了。兔子在江水里涮了涮好久不吹的口琴,试试音调,自己听着还像回事儿。他会吹的曲子不多,这会儿记起的就是《我的家在松花江上》,那每一个音符跟眼前的一切似乎都很对景。是啊,这就是松花江,早在小学地理课本上就知道它了,可是当你触摸到它的时候,一切都不是当初想象的那样。颤动的琴声在辽阔的江面上回荡不息,仿佛一遍又一遍地叙说着一个年轻人不知所措的思绪。从那个夜晚开始,他朦朦胧胧地意识到什么,理想,无奈,还是热情与茫然……终究说不出是什么。

启蒙时代

那有三十多年都快四十年了,他跟年轻人说那时候的事儿,农场知青中间谁有书谁是老大,身边小弟一大帮,甚至有人管吃管喝,大家等着借阅的不是"毛选""毛语录"什么的(那些谁都有),主要是故事书尤其外国小说,后来又有"内部发行"的回忆录和理论书,那也是众目睽睽的抢手货,托洛茨基的《被背叛的革命》,德热拉斯的《新阶级》,至今想来都有些匪夷所思,有人把列宁的《国家与革命》读了二十遍,读到《格瓦拉传》,读到奥鲁佩萨的《点燃朝霞的人们》,简直血脉贲张,其实格瓦拉早就是偶像派,无边落木萧萧下,不尽粉丝滚滚来……当然那时没有"粉丝"这说法,倘若把现在的报纸拿到那时候,谁看了都是一头雾水,没人能看懂某艳星欲包养黄健翔是怎么回事儿,整个语境不一样了,其时说来到处"莺歌燕舞",却是绝无莺莺燕燕的绯闻

八卦，老知青记忆中德瑞那夫人和玛蒂尔德小姐的情场争风就算是最具情色意味的谈资了，阶级斗争好不容易扯上了饮食男女，一八三〇年代的密室政治简直让人想入非非，一本《红与黑》把整个农场搅和了大半年，排队等在后边的人实在太多了，书的主人不得不想法加快周转速度，竟是把书拆成一二十沓重新装订，让大家互相轮换着看，每人限时一个晚上，说是一晚上顶多两钟头，一边洗脚灯就灭了，这样穿插着只能读到哪儿是哪儿，根本没法沿着情节顺下来，说到这儿他做了个怪脸，记得是于连被砍了头又好端端地在侯爵府上混事，打碎了日本花瓶撒丫子跑回埃里叶去爬德瑞那夫人卧室窗子，真叫跌宕起伏，真叫大开大阖，每人读的版本都不一样，随机抽取的个性化阅读——这能排列出多少个组合？真是有多少个读者就有多少个于连·黑索尔，后现代？那是刀耕火种的后现代，那感觉不就是时空错位颠倒乾坤吗，你说是颠覆也好，创造性误读也好，反正当年的草根阅读本身就是一个故事，起初拆开的《红与黑》凑一块儿还是完整的一部，后来慢慢缺了几沓，于是那漫漶之处就拉出了空当，没有了瓦勒诺先生更好，于连还少了点羁绊，作兴更拓开了阅读的想象空间，只是当年的故事没有戏说成分，也不需要什么心灵鸡汤来励志壮胆，如今想来那个"读书无用论"的

年代倒还真是读书的年代，其实知青中间早已是"读书无禁区"了，逮着什么是什么，收工回来洗洗涮涮趁着夏日的天光赶紧看书，土坯房里有人弹着吉他唱起"送你一朵玫瑰花"，头儿醉醺醺地进来问唱什么，阿尔巴尼亚歌曲，亚得里亚海岸一盏社会主义明灯，好歹都是瞒与骗，让他说来到处

《红与黑》

都是生活的诗意，他们到处去惹是生非，在佳木斯跟一帮兵团小子大打出手，一个个鼻青眼肿钻入街头小馆吃炒肉拉皮，进来一个乞丐张口朗诵《查拉图斯特拉如是说》，那会儿听人说就要恢复高考了……

一转眼已是恢复高考三十周年，有人出书纪念，有人办会办节。一九七七年的高考改变了许多人的命运，也改变了国家的命运。随之而变的事情不暇细述，天下读书人既是一网打尽，轰轰烈烈的草根阅读史从此结束。

窝棚会谈

　　读完奥威尔的《一九八四》，他一遍遍地想着这样一个问题：温斯顿·史密斯为什么不能反过来使用"双重思想"（doublethink）——道理是二加二等于四，场面上何不让它个二百五？不是像小说里那样洗心革面，皈依正统；而是虚与委蛇，伺机而动。既然老大哥还那么牛×，且不妨跟丫装孙子。中国人说到什么山唱什么歌，这大不列颠和大洋国的人还真是大大的一根筋。他跟老枪讨论过这些想法，老枪说你这是中国人的思维。这不是"双重思想"，而是黑白两道的"双重身份"。

　　"双重身份"？未必都是"无间道"套路。他在自己的书里写了一个叫大卫的知青头儿，照"新话"来说此人就是"思想好"（goodthinkful），听话、卖力、靠拢组织。这号人当然走仕途。当年知青老大有两种类型，另外就是老枪这一路，

读书多，有头脑，也有群众基础。简单说，大卫和老枪就是在朝在野的两极。可是大卫远比你想象的要复杂。

那年夏天，老枪和大卫的"窝棚会谈"是一个大事件。故事开篇就是一个让人揪心的时刻。农场里到处充满骚动不安的气氛。有人往政治处主任家窗户扔石头，保卫科长家里的鸡被毒死了。一些连队出现大面积怠工，知青宿舍夜夜唱响《国际歌》。事情起因是一个女知青的猝死。这当口需要悲怆，需要煽情。那女孩在收工路上突然晕厥，一个半小时后送到场部医院已不治身亡。农场当局认为这不属于工伤事故，理由是事发当时"不在作业现场"。官场的冷漠激怒了全场数千知青，事情一来二去闹大了。

迫于事态，场方不得不与知青进行谈判。他的构想是，老枪作为知青代表提出这样两条：一是给予死亡女知青因公殉职待遇；二是改善劳动条件，缩短出工时间。那女孩也许有心脏病，也许有别的什么病，但猝死原因必是超负荷的劳动强度。那年头的"学大寨"纯是坑爹，大伙每天要在田间劳作十六个小时——场部的口号是"早上三点半，晚上看不见，地头三顿饭，大干加苦干"。谈判谈了一整天。抚恤待遇自然没有退让余地，但"出工时间"扯皮扯了老半天，最后谈定减至十二个小时。老枪在谈判协议上签字时还一个劲儿摇头，这跟一八八六年芝加哥大罢工提出的八小时工作制相差甚远。

场部的官方谈判代表就是大卫，这哥们儿早已进了领导班子。选择山边窝棚做会谈地点是大卫的建议——直觉告诉他不妨这样安排。为什么不在场部谈？大卫对老枪说，怕是你们有想法。可老枪认为那是不想把他弄成一个单刀赴会的传奇人物。他知道老枪的感觉一向很敏锐，心眼儿也不是一般。"窝棚会谈"后，农场很快恢复了正常秩序，许多人好像忽然发现大卫也算是爷们儿。不过很少有人知道当日会谈的具体细节，因为除谈判代表之外，在场只有双方两名记录员。老枪透露，那天大卫的吉普车上带了两箱啤酒，他们一坐下来就喝上了。大卫居然摆出一副痞相，话入正题丝毫没有平日里的马列主义调调……

对于"文革"，对于当日混乱的国家政治生活，对于那种仪式化的意识形态，他早就意识到，许多中国人都有过某种自我祛魅的经历。可大卫这哥们儿装痞竟比痞子还痞。

总要画一个句号

一九三七年某月某日，莫斯科州某市党代会结束时通过了致斯大林的效忠信，于是全体起立，开始经久不息的鼓掌欢呼……五分钟过去了，依然掌声雷动。人们手掌拍痛了，手臂开始发麻。上岁数的人已经喘不过气了。可是没人敢停下来，秘密警察就在场内，他们在观察谁将第一个停下来。于是鼓掌只能不断持续下去，六分钟，七分钟，八分钟……所有的人都被绑定在永无止息的狂潮中，尤其显眼的主席台上，头头们更须作出兴高采烈的样子。其实他们都暗自希望有人能率先打住。掌声持续到第十一分钟时，台上终于有人恢复了平时的理智，那是本市造纸厂厂长，他停止鼓掌，在自己的座位上坐了下来。于是——奇迹发生了，全场欲罢不能的掌声便随之息落。

这个故事他至少读过十几遍了。这是索尔仁尼琴在《古

《古拉格群岛》

拉格群岛》第二章里叙述的一段插曲。每次看到这儿，心头不由一阵抽搐。书里说，秘密警察就是这样发现"独立不羁的分子"的。当天夜里，那个厂长就被逮捕了。

他自然联想到"文革"时期的许多集会场景。中国人效忠领袖的仪式性表演绝不逊于苏联人，同样的激动和喜悦，同样掩饰着内心深深的惶恐，对于这些，他太熟悉了。但是在他自己的经验范围内，却不曾见过或是听说过全场都被逼入掌声停不下来的绝境。中国人（那些头头们）是怎样避免落入那种自己挖坑自己往里边跳的迷局呢？那些场景过去那么多年了，细想下去，原初的记忆依然那么清晰。他想起那首名曰《大海航行靠舵手》的歌曲——那时候几乎所有的集

会都用它来作结束曲，掌声合着高音喇叭里昂扬的旋律，形成了"哼——哼——哼"的节奏。曲子播放完了，全场的掌声也便戛然而止。戛然，却又自然而然。如果说中国人"聪明"，他觉得这倒是一个显例。

他想起另一件事。那是一九六九年初春，他下乡到北大荒农场的第一个星期。恰逢"九大"闭幕，全场大搞献忠心活动。可就在那当儿，他所在的分场出了一起撕毁革命标语的"反革命事件"。出事地点是一幢改作仓库的普通平房，从窗台到地面有一米多高的墙体，一溜大标语让人撕得一片狼藉。分场当即成立专案组，对所有的知青和职工逐一盘查，一个多月里搞得人人自危。小褂子宽慰大伙说，被列入怀疑对象的有上百号人，让他们去查吧。正当大家以为破案之日遥遥无期，突然宣告事情水落石出，说是畜牧队几只羊把标语给啃了。当然，羊要啃的不是标语，是墙里的草芯。那时农场房子多为当地人称之"拉合辫"墙体——内芯是拧成麻花状的草絮，外面抹上泥巴。专案组姓刘的组长发现，墙面泥巴剥落了，羊就来啃里边的草。反正，最后就这样结案了，大家都松了一口气。

四十年后，他和当年一批老知青重返农场。夜宴，酒酣耳热。大伙聊起那桩喜剧式的"反革命事件"。想起那种人人过关的场面，至今犹觉不寒而栗，有人说风声最紧时差点要崩溃了（当时他就是这状态）。谁知，小褂子喝醉后抖出一个天大的秘密，那标语是他撕的！出于一种简单而天真的动机，就想看看他们能不能查出来。

当初搞专案的刘组长还健在，年届八旬，脑子仍清楚。他问刘组长，真的相信是羊把标语啃了？老人说，不相信又能怎么样，事情要有一个交代，总要画一个句号。

地下工作

在中国的学校里，有一道最经典的命题作文——"我的理想"，小时候几乎每个孩子都做过这道人生选择题，选择自己长大了要从事什么职业和事业。

（其实，等到长大了，许多人才知道人生没有多少能让你选择的机会。）

他记得，被老师称为"最有想象力"的一篇作文，是班里一女生写的，是要做一名地质勘探队员，要在祖国九百六十万平方公里大地上都留下自己的足印，从塔克拉玛干大沙漠到东海之滨，从大兴安岭到南沙群岛……有的同学选择了炼钢工人，每天在钢花飞舞中迎接黎明。还有想做拖拉机手的，尽情遨游在麦浪滚滚的田野上。如果是子承父业式的选择（譬如父母做医生的孩子也想从医），通常会给老师留下不动脑筋的印象。但也有例外，有个男生想从平凡中挖掘人生意蕴，母亲在街上摆凉茶摊，自己便在凉茶摊上铺陈理想：下班的工人叔叔带着疲惫走来，过来喝一杯吧；执勤的警察叔叔辛苦了，过来喝一杯吧……老师在课堂上挑选了若干作讲评，念到这篇作文，教室里哄堂大笑。

他的理想与众不同，老师没有念到他的作文不是因为想象力不够，而是太有想象力了，太另类了。他要做一个"地下工作者"，他的理想是，带着勇敢的微笑，伴着美酒和美女，战斗在敌人心脏里。

无疑是小人书和电影里地下工作的英雄叙事奠定了这理想基础，那年头这样的故事多了去了。不过，他憧憬的"地下工作"，不是《永不消逝的电波》里孙道临扮演的那种抄发电报的地下党，而是直接打入敌方军部的情报人员，就像电影《地下尖兵》里的艾永伯，那个总是叼着烟斗的少校参谋给他留下了难以磨灭的记忆。那演员叫陈汝斌，也许不怎么有名，在《兵临城下》里还出演一个卧底的副团长。

若干年后，他和成千上万的年轻人去了北大荒。真是人生南北多歧路，卧底特工的梦想看来是没辙了。谁知他命中注定要有这一出。做知青的那些年头，许多人都有"偷听敌台"的经历，甚至有的宿舍里大伙儿一起听，互相都不避讳。

别人听美国之音和莫斯科广播电台，或许只是为了寻觅更多的信息渠道，了解外面的世界，可是他却显出异样的兴奋。从半导体收音机里听到莫斯科广播电台的开始曲，他莫名其妙地跟着哼哼起来：5·5‖1·7 67 12｜1 5……女播音员的中文普通话说得很甜润，跟中央人民广播电台那种硬戗戗的播音风格截然不同。当然，台湾的"自由中国之声"还更有一种嗲嗲的味儿。

别列捷夫研究所呼叫勘探队，下一个勘探点有暴风雪……每天晚上莫斯科的节目中都会插入这样一段呼叫，随后那个甜润的声音报出一串串数字。显然是某种密码，谁也不知道那是什么意思。他经常好奇地抄录下那些数字，仿佛自己就是那个接受指令的潜伏特工。他喜欢用这种方式体验"地下工作"的紧张与兴奋。有时他傻傻地想着，那个潜伏者会藏在哪儿呢？说不定就躲在河边的谷仓，或是那片黑黢黢的柞树林里。那肯定是个中国人，否则不至于要用中文来广播。有一次，他大意了，正趴在炕上抄写，被分场保卫科的人抓了个现行（肯定是有人告密）。人家果真把他当成苏修间谍了。审讯中，他供称自己的克格勃理想来自三四十年代地下工作经验，关系在中央社会部，代号白獾，李克农同志知道我。我跟莫斯科没有直接关系……他被折腾得死去活来，脑子都错乱了。

这事情调查了好长时间，最后总算没事了。获释后，回到分场那天居然受到知青同伴列队欢迎的待遇。这一来，好歹有了"地下工作"的成就感，日后还经常跟人吹嘘他在狱中的斗争经验。

地下工作（续）

　　他知道自己被摄入了监视器画面，从电梯口沿左侧走廊过来有二十九个霍尼韦尔摄像头。右侧一溜也是同样的配置。可以想象，中央监控室里的安保人员如果不是在打瞌睡，一定惊讶地发现：三十六楼左右两侧楼道里居然出现了同一个目标。没错，几路视频送出两个一模一样的人形，杂色绒线贝雷帽，黑白羊绒格子围巾，浅黑斜纹布外套。走路姿态也一样，只是一个左转一个右转。转身的时候不难看出，两人左腿好像都有一点跛。这个楼层右侧是一个隐秘的会所，所谓敏感地带，那儿进进出出的都是一些很有身份的大佬。像这种异常情况不会不让安保人员心存戒备，照规矩第一时间就该通报警方。这年头是稳定压倒一切哈，风吹草低见牛羊。可是，监控室的技术人员怎么也想不出视频图像如何被人做的手脚，因为看样子不像是某种镜像植入。

左右两个贝雷帽是同一个人吗？左边那人面部有明显的反光，几乎分辨不出五官轮廓。图像放大 N 倍也难以判定。警方不难得出结论：脸上的反光必是做了某种特殊化妆。他们只能先锁定右边的目标，那家伙面容可以识别。他想象着那帮人是怎样一阵忙乱，一个放大的疑团将把警方引向何处。他露出诡谲的笑容。离开那座大厦时天色已晚，一瘸一拐地进了马路对面的小餐馆。他知道这是自己最后一个游戏，他那条左腿随时有可能挂掉。

书房里有一本精装的塔西佗《历史》，书页早已发黄，上边用各种颜色笔画满了条条杠杠，就像旁边那堆乱七八糟的电路板。他一直在读这本书，有时手里拿着电烙铁，忍不住还翻上几页。在二月朔日之前的第十八天，当伽尔巴在阿波罗神殿的前面奉献牺牲的时候，占卜师翁布里奇乌斯宣布说朕兆不吉，一桩阴谋即将爆发……他用荧光笔在这些文字上画了几道，这是第一卷第二十七章，奥托就要动手了。祭坛前，奥托就站在伽尔巴身旁，他的仆人来通报建筑师和承包人已在家里等他，这是一句暗语，是说手下人已经布署到位。罗马的"四帝之年"可谓风云际会，充满了各种阴谋，读这样的文字让人热血沸腾。

他早就知道这一天总要到来。下肢瘫痪后终日坐在轮椅上在屋里转来转去，几乎成了一废人，可是他不会老老实实在家待着。他从网上购置了一台单筒望远镜，观察对面和斜对面几幢楼里的各家各户。那是带三脚架的蔡司 Diascope 观察镜，配有三个目镜，长焦、变焦加广角。德国人的器械就是棒，几百米开外地上一只烟盒看去纤毫毕现。他叼着烟斗，从镜头里欣赏美女，可真是养眼。在电脑上拉近了看，三角裤后腰上翻出一小块商标都显示得清清楚楚。

……当伽尔巴被惊慌失措的抬肩舆的人摔到地上时，正好在库尔提乌池附近。他最后说了什么，人们的说法各不相同……杀死他的人到底是谁，我们也没有确实的材料。皇帝就这样挂了，塔西佗的叙述波澜不惊。

有一天，他从观察镜里发现一个不可思议的目标。对面七楼一个窗口，窗帘缝里居然露出一台观察镜，对着他这儿。博士能 Spacemaster，哦嗬，摆上了老美的家伙。他听道上的朋友说，那是警方搞蹲守的标准配置。

去硝皮窝棚

　　奎甸真是个不起眼的小站，他从火车上下来居然没瞅见车站在哪儿。正午的太阳有些晃眼，炽热的阳光从路基坡面上反射出灼人的热浪，让他头晕脑胀。他跟着一同下车的几个老乡走了一段，一边打听去硝皮窝棚的路。等拐上那条通往山里的土道，他们就分手了。一个老乡在后边大声叮嘱道：径（东北话读如 jiǎn）直走，别走岔道！

　　硝皮窝棚早先不是一个村落，据说只是猎人歇脚的地方。现在那儿是兵团一处种植人参的垦殖点，也就是某团十九连。他的朋友大猫在那儿。大猫信中说，从奎甸车站到连队只有八里路，很方便的。信里还说自己已经当了连里的文书，天天给指导员写讲话稿。他想，这小子倒是不用下地干活了。还没进山里，身上已觉凉快不少。这一带景致不错，近旁是漫岗起伏的庄稼地，看去尽是蓊郁的翠绿。那些叶片肥大的苞米、烟叶和向日葵，油汪汪地闪着诱人的光亮。远处有错落的林木，再远处，蜿蜒的山脉隐约可见。

这儿好久没下过雨，路面很干，马车碾过的辙印形成了深凹的土沟。走着走着，稍不留神，一脚踩进辙沟里便是一个趔趄。一路上人烟稀少，没见一个屯子，偶尔庄稼地里闪过一两个锄地人的身影。再往前，农田从视野里消失了，布满辙沟的土道揳入大片的林木之中。树林起先是一副稀疏的模样，间或又会出现一小块苞米地，越往前走林木越见得稠密，头上的阳光终于被树冠完全遮住。

走了个把钟头，他想应该到了吧，可是一眼望去依然不见村舍。他有些疑惑，会不会走岔了？心里正嘀咕着，迎面遇上一个老乡，便上去问路。那人告诉他，"没错，径直走！"这老乡胳膊上挎着一只沾满泥土和草屑的帆布袋，一副战战兢兢的样子。说话时，他发现那帆布袋里有个活物在蹿动，冷不丁吓人一跳。他没心思去琢磨那里边是什么玩意儿，只惦记着前边还有多远。那人说："八里。"

走了半天还有八里，他真怀疑自己是不是听错了。想再问一下，人家却走远了。他一时愣在那儿，直到那个摇摇晃晃的背影消失在林荫之中，才转身继续前行。这林间幽径好像没有尽头似的，他腿脚已觉出有些沉重。大猫说的"八里"

莫非要从这儿算起？后来才知道，路还长着哩。差不多又走了一个多钟头，遇到一个采蘑菇的老头儿，一问前边居然还有"八里"。这下他简直蒙了。谁知道"八里"之后是否还有"八里"，想到这一点，他全身就像瘫了似的，已经迈不动脚步了。

他坐下来歇息，默默地看着那老头儿踽踽远去。林间不断传来鸟雀的啁啾，一只榛鸡从灌木丛里蹿起，扑棱棱地打断他的思绪。他想什么呢？其实没什么可想的。这地儿要是能够待下来，说什么他也不肯往前走了。那天，不知道走了几个"八里"，走到硝皮窝棚天都黑了。大猫竟说，他也不知道"八里"有多远，自来了十九连就没出去过。

后来才知道，在北大荒找人问路，人家多半告诉你：八里。

河　边

　　前边就是那条河了，波光粼粼的河水在稠李和灌木柳中间穿流而过。河岸这边有座孤零零的土坯房，倾斜的墙身和屋顶布满了蒿草和苔藓，很古老的样子。这房子原先不知做什么的，现在做了分场的木工房。河水在它后边拐了一个大弯，甩出一串轻盈的涡儿，慢慢漾开去，终于遁入密密簇簇的绿荫丛中。四周静悄悄，只听见咔哧咔哧推刨子的声音。这条河，农场人都称之大河，其实它没有名字，地图上找不到它。可是他知道，这确实是条河。它迤逦歪斜地流经大半个农场和一个朝鲜族屯子，而且最后还一本正经地注入了松花江。

　　河水不深，夏天常有一些孩子在水里嬉耍。他们全都赤条条的，像泥鳅似的蹿跃着晒得黢黑的身肢。他和别的知青有时来河边洗衣服，却并不下水玩，他们要游泳宁愿跑十几里路到松花江去。在这儿玩水的，除了那些小崽，就是家属队的娘们儿了。傍晚，女人们从地里收工回来，走到木工房这儿，锄头一扔，都扑通扑通地跳到水里。她们嚷笑着，拍打着水花，又互相胳肢。闹过一阵，便朝岸边的木工房喊叫——

"春旺——"

"春旺——"

越喊越邪乎。春旺是木工师傅，白天在那房子里干活儿，晚上就住在里边。那儿连春旺在内一共三个木匠，另外两个是知青，收了工都回宿舍去了。春旺似乎听见她们叫喊，或是听见了故意不睬，半天没有动静。有时窗子里会扔出一样什么东西，一只空酒瓶，或是一穗苞米。

"老春旺，你甭偷看！"

"你蔫不叽叽干啥哩！"

"晚上队房子练忠字舞，春旺你得来，你这老东西……"

女人们叫唤个不停。木工房窗口黑洞洞的，她们瞅不见春旺。既然天还亮着，她们还得在水里乐上一阵。

夜行列车

虎林到牡丹江没有快车，有两班夜行慢车。好在那段行程只是一宿工夫，用虎林车站女售票员的话说"闭眼一会儿就到"。

列车开出时天色已晚。边境小镇稀稀落落的灯光闪过之后，窗外便是一片模模糊糊。他一时合不上眼，凑着灯光看一本书——幸好身边带着一本残缺不全的《汤姆·索耶历险记》。上车前，送行的朋友们提醒说："车上留点神，小心背包让人拎走。"他们说这趟线上常有麻烦事儿。可他觉得不像他们说的那么可怕，这节车厢里只有他一个人，谁来找事呢？列车出站时，他走过好几节车厢，全都空空如也。叫人纳闷的是，居然列车员也不照面。真的，在虎林上车时就没见着列车员，车门自行敞开着，他就上来了。坐在这空荡荡的车厢里，感觉倒是挺新鲜的。他来的时候搭乘一辆军用卡车，跟好多人挤在一处，在混合着烟味和汗味的车棚里颠簸了几天几宿。现在倒好，整个车厢就他一个人。

窗外黑黢黢的一片，一路过来见不着一处村落。黑暗中闪过大片荒甸，闪过丘陵漫岗，柞树林或是桦树林。一个人就这么待着，终于觉得孤单单地难受了。他猛然打了个寒战，接着又来一下。冷风从窗缝里钻进来，凉飕飕的。这会儿离冬天还远着，可夜晚已是寒气逼人。他从背包里找出几件替换的衬衣，全都套在身上。

已经停过几个小站，没见有人上车。他心神不定地看着书，终于看不下去了，于是拎起背包往前边车厢走去。他想找个聊天的伴儿。没想到，前边车厢就有人——逾过一排排座椅靠背，他老远瞥见过道中间戳着一双回力球鞋。走近了，见那人躺在座椅上睡觉，身上盖着兵团知青的军大衣，脑袋也蒙在里边。他"哎"地喊出一声，突然发现大衣下边还有一个人，一个姑娘。他有些不知所措，马上掉转身子趔回去了，身后隐隐传来那姑娘的哭声。回到原来的座位上，又傻呆呆地坐在那儿。

又过了一个小站。当列车重新驶动时，从后边车厢过来一个人，一阵哼哼呀呀的声儿先飘了过来。是个铁路员工，腋下夹着小锤的"列检"。这人满脸胡茬，身上一件油渍渍的短大衣。"妈的，今儿真冷！"到他跟前，冲他笑笑："嗨，冷吧？"说着从衣兜里抓出一把葵花籽，哗地撒在座前的茶桌上。"嗑吧，老郑那娘们今儿又不行啦……"他以为这人会坐下来聊一会儿，可没等他开口，人家就晃悠过去了，哼哼呀呀地朝前边车厢晃悠过去。你不能把密电码卖给小鬼子，李玉和那小姨子是俺屯里人……哼的是二人转的调儿，这会儿让人觉得特别好听。

午夜前后，列车抵达密山车站。这是一个大站，呼呼啦啦上来许多人，车厢里顿时闹哄起来。挎着包袱抱着孩子的老乡一堆儿横在过道上，已经没有空座了。还有人拖上来许多鼓鼓囊囊的麻袋，里边不知装的什么。

这工夫，列车员突然就冒出来了，还有乘警，大声吆喝，验票啦！验票啦！

神秘谷

他沿着满是砾石的河谷走了三十七天，从头到尾都是一种提心吊胆的感觉，灰蒙蒙的山脊上偶尔显露斑斑点点的植被，那些风化严重的山体随时可能滑落下来。天空中悬着一只鹰，像是一只风筝纹丝不动地挂在那儿。四周没有一丝风，也没有一丝动静，只有自己疲惫的脚步在碎石上碾出吱嘎吱嘎的声儿。这条河是什么时候消失的？他看着地图上标示的河道心里很疑惑，不知自己是否走错了道儿——眼前整个儿光秃秃的一片，现在连河床都看不见了。

在最后一个废弃的村子里找到一口井。顺着黑黢黢的井壁望下去，底下居然有水。倾圮的土墙上旧日的标语依稀可见，从镇压反革命到大跃进、人民公社，从路线斗争到和谐社会。他漫无目标地在村里转悠。窗台上有一只锔过的青花瓷碗。一开门，蜥蜴从脚下一闪而过，那边粪坑里浮着散露

棉絮的被褥。走过皮鞋店、钟
表店，走过珠宝玉器店，他恍
然走进了一条诡异的岔道，前
边还有一家奢侈品专卖店。目
标消失了，拐过一个街角，大
屏幕上正是窗台上那只青花瓷
碗。传说中的海市蜃楼呈现迪
斯尼式的幻境，他耳畔响起一
阵窃窃私语：我们的花园和斯
万先生的苗圃里的所有花卉，
还有维沃纳河里的睡莲，乡间

《追忆似水年华》

本分的村民和他们的小屋，教堂，整个贡布雷和它周围的景
色，一切的一切，形态缤纷，具体而微，大街小巷和花园，
全都从……记忆的涓涓细流，汇成历史的大江大河。

　　折返途中犹似埃涅阿斯走进了那个名叫勒特河的忘川，
有时眼前会冒出许多飘忽的人影，吱吱嘎嘎的声音越来越响，
又变成了一片吵吵嚷嚷的人声。他感到恐惧，这时候根本不
知道自己还会遭遇什么。埃涅阿斯有老爸的神灵陪伴，他却
要独自面对一个鬼影幢幢的世界。为了减轻行囊中的分量，
他身上只带了一本维吉尔的《埃涅阿斯纪》，走累了他会坐下

《埃涅阿斯纪》

来，掏出书来翻一翻。在阴凉的树下看书已是一种奢侈的享受，这一带走上十里八里也不见一棵树。他觉得自己只是像埃涅阿斯那样到处流浪，如今不会再有匡世的使命。

命运造就了罗马帝国。罗马人选择了屋大维？他在想，如果当初不是从共和走向独裁，如果后来……如果现在的欧洲仍是一个大一统的罗马帝国，那会是一个什么样的情形？

元无有

　　旧时江浙俗谚称：世间有三苦，撑船、打铁、磨豆腐。这三样苦差事他年轻时摊上两样，只是没干过铁匠炉。撑船先不说，其实磨豆腐终究不算太苦，只是每天须起早，天不亮要去推磨、担水、烧火。家里人听说这事儿都叹气，准是想到旧社会长工苦役什么的。他回信安慰爹妈，没那么可怕，在豆腐坊干活至少饿不着，每天都能吃上一大碗热腾腾的豆腐脑。那时候他和大家一样，心里就揣着两个念头：近者是填饱肚子，远者是解放全人类。比起别的知青他算是很幸福了，刘哆嗦还张罗介绍自己外甥女跟他谈对象。老刘是他师傅，农场第一拨的老职工，据说原是国民党一个排副，四野打锦州时被俘成了解放兵。不过听老刘自己说，部队攻城时他和董存瑞在一个班。小董脑子好使，那时就嘀咕林彪不是个玩意儿。

老刘识字，也喜欢看书，手里常捧着一本旧小说。那是一部唐传奇选集，他也喜欢看里边那些神神叨叨的故事，尤其昆仑奴、聂隐娘和虬髯客之类。七七年上大学离开农场时，老刘想把这书送给他，可是怎么也找不着了。老刘说，部队打锦州时，老百姓都往战士兜里塞熟鸡蛋，一个女学生就往他手里塞了这本书。你不信？还有给手绢、香胰子的。记得书的扉页上是有一个字迹娟秀的女人名字，老刘有时就盯着那名字看，呆呆看上半天。

北大荒冬天滴水成冰，井台上积了厚厚的冰层，踩上去一不小心打刺溜。那回他可倒霉，谁料轱辘摇柄一个反旋把他打到井里。下坠时好歹攥住了井绳，还是噼里啪啦扎进水里去。那井很深，他拽着井绳一点一点往上爬，棉袄棉裤浸了水，整个身子就像秤砣。突然，绳子也一点一点往上收，原来上边有人在摇轱辘把。他上到地面，影影绰绰见地上坐着一个人，呼哧呼哧喘着气，是刘哆嗦。老刘肺不好，以前手术切了一半。"部队打锦州时，一颗炮弹把我砸到冰窟窿里，我他妈的心想我还在吗？"好在那时年轻，我进屋把衣服烤干就没事了。刘哆嗦却是大病一场，躺在炕上挂着吊针，让他把小娥叫到跟前。小娥就是老刘外甥女，像是临终托孤似的，老刘非要他娶了这姑娘。那回老刘没死，他跟小娥的事情一波三折终究未成正果，这都是后话。

前年他和当年的知青哥们儿重回农场，他去刘哆嗦坟上
烧了纸。小娥也在，还带来她那个在城里工作的儿子。走的
那天，小娥拿出一样东西给他，用牛皮纸裹着。她说老舅临
终前嘱咐一定要交到他手里。就是那本唐人传奇，只是扉页
上名字抠掉了。他在火车上翻着发黄的书页，里边一篇《元
无有》又反反复复看了几遍。以前年轻时没读懂，现在明白
是怎么回事了。"齐纨鲁缟如霜雪，寥亮高声予所发"是捣衣
的木槌；"嘉宾良会清夜时，煌煌灯烛我能持"是点蜡的灯
台；"清冷之泉候朝汲，桑绠相牵常出入"是担水的木桶；
"爨薪贮泉相煎熬，充他口腹我为劳"是烧水的铜壶。月光下
吟诗的四个人，天亮时都不见了，元无有往破宅子里找去，
见屋里空空如也，"惟有故杵、灯台、水桶、破铛，乃知四
人，即此物所为也。"

小娥真是老了。如今憔悴，风鬟霜鬓。她儿子倒是一表
人才。他跟小辈说话也还是当年知青腔调：兄弟在城里混咋
样了？回答是不咋样：十年前是小资，十年后是屌丝。

到海边去

灯一盏接一盏地熄灭了，只有卡迈克尔先生房间里还亮着蜡烛，他喜欢在床上读一会儿维吉尔的作品。这时无孔不入的黑暗已经四处蔓延，窗外的亮光在地板上楼梯上留下游移的光斑……夜晚很快过去，本来树木枯槁的秋天没有多少故事，可是拉姆齐太太竟溘然去世。之后的之后情况大变。普鲁出嫁了。普鲁难产死了。安德鲁也死了，在法国被炸得血肉横飞。正午的阳光在墙上投下清晰的影子，窗外玫瑰花开得正艳……

伍尔夫女士写小说大概是想到哪儿写到哪儿，他喜欢这样东拉西扯的文字，入睡前总要翻翻这本《到灯塔去》。书中有些比喻很棒，譬如——人去楼空，荒凉的老宅就像沙丘上的一只贝壳。他想起 N 年前那个夏日，他带着大伯去海边。悬崖上的石砌小屋原来不知做什么用，就像是一个石龛，刚

好能躺下两人。里边什么都没
有。他出来时身上带了两块
七毛钱，一路过来只剩几枚钢
镚。现在想不起石屋的样子，
好像屋顶是四角攒尖，却也不
能肯定就是中式的，那一带有
模样的老房子多是不中不西。
他们在石屋宿了一晚，又往南
走了一天一夜，在鸡岙正好碰
上两村械斗。

《到灯塔去》

　　拉姆齐太太操持一个十口
之家很不容易，自然还有别的操心事儿。他们之间在进行一
种交易，其中她是一方，生活是另一方。书里是这样说的，
她把生活当做是一个可以谈判的对象——虽说有时对方是有
些蛮不讲理。可是在他看来这纯是瞎扯。你能跟生活谈什
么？那本不是讲理的主儿。他老爸是响当当的工人阶级，大
伯怎么就成了死翘翘的地主阶级？说到英国人厨艺差，拉姆
齐夫人感慨，一个英国厨子扔掉的东西足够养活一大家子法
国人了。这话要看怎么解读，用阶级论分析那是不共戴天的
两个阵营：英国人那叫朱门酒肉臭，法国人敢情是路有冻死

骨！老爸当年在上海给洋行大班开车，攒钱寄回乡下让他大哥盖房置地……穷光蛋死活搞成了地主，运动一闹又被整得死去活来。一些阶级胜利了，一些阶级失败了，据说这就是历史。他曾想，法国人的五月风暴真是小打小闹，怎么不把英国给灭了？

　　鸡岙的贫下中农跟鸭港的贫下中农打得昏天黑地，无孔不入的黑暗已经四处蔓延，那会儿他才意识到老爸让他们投靠乡下亲戚的想法多么不靠谱。拉姆齐先生逼着卡姆和詹姆斯姐弟俩跟自己去灯塔，只是满足他在梦境里回忆亡妻的恻隐之心带来的快慰。老爸说自己对不起他大伯，只能让他带着逃亡地主继续逃亡。当时他还顶嘴，干吗不把大伯留在家里？现在想起那个夜晚真是心惊肉跳，老爸操起扳手就朝他拍过来。詹姆斯认定他老爸就是暴君，可人家拉姆齐先生绝对像英国绅士。合上书本，他迷迷糊糊睡去，梦里带着大伯在海边山路上狂奔不已……

丁集　时间碎片

除夕夜

除夕夜，巨无聊。他在读清人李天根写的《爝火录》。书中一节刚巧写到当日年景："除夕，帝居兴宁宫，愀然不乐，太监韩赞周曰：'新宫宜欢乐，得无追思皇考先帝耶？'帝曰：'非也，梨园殊少佳者耳。'"那是崇祯十七年腊月三十，按说明朝都没了，在大清是顺治元年。那会儿清兵还没打到江南，马士英等启动应急预案搭起福王监国的小朝廷，这抱怨宫里缺少春晚气氛的主儿便是史称弘光帝的朱由崧。

再往下看，风雪拥门之夜，忠臣良帅饮泣枕戈。曰："史可法督师扬州，岁除，遣文牒至。夜半倦，索酒，庖人报：'肴肉已分给将士，无可佐者。'乃取盐豉下之。……进数十觥，思先帝，泫然泪下，凭几卧。"第二天，即弘光元年正月初一，史公巡检淮上防卫，在白洋河舟中度岁。据罗振常《史可法别传》："是日大风拔木，积雪数尺。公以粮饷不至，诸军饥馁，乃断荤绝饮，蔬食啜茗而已。"同日，在家赋闲的钱谦益作诗《甲申元日》一首，云："衰残敢负苍生望，自理东山旧管弦。"

扬州距南京仅二百里。四月间，豫亲王多铎的部队攻破扬州，又耗时整整一月才拿下石头城。这厢福王沉溺声色犬马，那边是史可法知其不可而为之的悲壮抵抗，冷兵器时代咫尺之遥也是层嶂叠巘的心理屏障。如今，技术消弭了一切距离感，可是人间何处无沟壑！岁岁爆竹，岁岁悲喜不同。窗外震耳欲聋，如同白昼，就像以色列的白磷弹打在自家阳台上。电视上见过以色列进攻加沙地带的密集炮火，血肉横飞的场面恍如近在身边。

他记得，小时候妈妈给他买过一本安徒生童话，那个《卖火柴的小女孩》的故事至今刻骨铭心。那是欧登塞还是哥本哈根的除夕之夜？小女孩划着了火柴暖一暖冻僵的小手，火光映在墙上的画面竟是人间最美的想象——"于是那块被照亮的墙就如一块轻纱那样变得透明了，透过这墙，她看见了房间里的一切：房间里摆着一张铺了洁白餐布的桌子，桌子上那些精美而雅致的盘子里盛满了苹果、梅子，还有香喷喷热气腾腾的烤鹅……"墙内墙外是两个世界，其实中间隔着一道迈不过去的魔障。现在有人将这童话改编成《卖打火机的小女孩》，因为火柴早就从日常生活中消失了。燃亮的火光终于没能穿透那堵墙，没能让她看到疼爱自己的奶奶，却召来了吆五喝六的城管……

技术改变了生存方式，也在压缩人们的想象空间。

据说由于手机短信大行其道，言简意赅的文言文又将流行。几年前有一经典短信段子，是外出求职的大学生给家乡同伴发信息，曰：钱多，人傻，速来。惜墨如金不啻甲骨卜辞。苏东坡《书上元夜游》过去编入中学课本，老师讲诵时摇头晃脑，步西城，入僧舍，历小巷，民夷杂糅，屠沽纷然……他至今能倒背如流。他喜欢古书里短促、顿挫的文辞，喜欢那种铿锵语感——秋，大熟，未获，天大雷电以风，禾尽偃，大木斯拔，邦人大恐。现在电视剧里都模仿这腔调，提笼架鸟都是文化。如公安审嫌犯，问：老三是谁？乃一口京片子摇头晃脑以对：那丫，有钱，开一奔，满街找妞……

过 年

　　清晨被一阵鞭炮惊醒，眼见春节的脚步又近了。从电视里看着乾坤大挪移的春运景象，看着一波又一波的送温暖，忽然想到鲁迅写于一九三四年的杂文《过年》。过年这事儿搁到鲁迅身上却是省了许多麻烦，他说"我不过旧历年已经二十三年了"。虚算起来，二十三年前就是民国元年，辛亥革命后中华民国临时政府通令各省废除旧历，从店铺做账到节庆假日一律循用公历。可是要老百姓不过旧历年，根本行不通。尽管后来国民政府又三令五申，终究未能改变这一民间习俗。只是像鲁迅这类接受了新知识新思想的文化人，对旧历年总是无甚兴致。翻翻鲁迅日记，历年春节这段时间都没有什么特别的活动。如一九二五年正月初一，他还在埋头翻译《出了象牙之塔》。甚至有几年，这一天的日记竟是"无事"二字。其实对公历新年，鲁迅也很淡漠，像一九二七年除夕赴北新书局老板李小峰的饭局就算是值得一提的事儿了。那日除鲁迅夫妇，还有郁达夫、林语堂、章衣萍等，结果鲁迅"饮后大醉，回寓呕吐"。那时文化人过年，没有多少繁文缛节，最热闹的节目无非就是同道雅聚或互相拜访。胡适在北平时，有一年春节朱光潜夫妇来拜年，他拉着人家大谈曹禺的戏，扯了一下午。这哪有过年的意思。可是，老百姓那儿事情就多了。鲁迅在《过年》中归纳出过去民间过年的大概，那就是"结账、祀神、祭祖、放鞭炮、打马（麻）将、拜年、'恭喜发财'"。此中情景，梁实秋的《北平年景》一文中叙说甚详。梁文特别讲到过年的核心内容是祭祖，讲到那一整套仪式：上供，拈香，点烛，磕头……而开祭前的好多天，一家人早已忙碌开了，筹备活动至少得十天半月，"家中大小，出出进进，如中风魔"。这就是过年的气氛。在"五四"一代文化人眼里，这套把戏是封建宗法制度的象征。鲁迅小说《祝福》就以鲁四老爷府上的祭祀活动为背景，写出了祥林嫂们的悲惨命运。如果说祭祖算是精神层面上的事情，那么，大吃大喝便是过年的物质文明了。当然富有富的吃法，穷有穷的吃法，但有一条大致相同，那就是轮番请客。你请我，我请你，主客场，季后赛，从初一排到十五，从丈母娘排到外甥女婿。其实，从前各家过年的菜肴都差不多，几个碟子几个碗，早有一套程式。至于小康以下人家还总有几道菜肴不能动，搁在那儿做样子，端上来是什么样子，撤下去还得是什么样子。这规矩不用临时交代，客人都明白。说来过年从头到尾都是规矩，是一整套做人的操练，在一派喜气洋洋之中，一根看不见的绳索早已把人捆得严严实实。照老辈人说来，只要一个环节上出了纰漏，这一年就不大顺利。这种禁忌中，深含着人们对未来生活的希冀。要不然，禁忌如何成了乐趣？可是，从"五四"过来的那些文化人多半不理睬这套规矩，所以他们过年就没有多少节目，也没有多少乐趣——至于"与民同乐"只想是当政者的事儿。什么事情都是这样，看得透了，这世界就没有乐趣。

菜场故事

  家里买菜做饭是兔子的事儿，所以几乎隔天就要去菜场走一趟。对兔子来说，那地方倒是不让人讨厌，要啥有啥，甚至还有那么一点市井情调。刮风也好，下雨也好，每次走进那飞蝇逐臭闹闹哄哄的地方，兔子总是意态跃然，晃着脑袋东寻西觅，就像王家卫的电影镜头似的一路摇晃进去。

  过去菜场只是卖菜，如今也卖别的，要是别处找不到缝纫机油，菜场里一问就有。从锅碗瓢盆到针头线脑，这儿一应俱全。还有成衣摊子，连带做呢绒布匹的生意，现扯块料子做身西装，你跟摊主砍砍价，几十块钱就搞定了。有人说，菜场就是平民的超市，这话不假，看着同样一瓶洗发液，这儿差不多能比超市便宜一半。当然，便宜到这份上，也让人生疑。兔子那回买一只旅行包才十几块钱，上边还绣着adidas的洋文商标，可是怎么看也不像是正经货色，便向老板娘问话："你这是什么牌子？"老板娘刚好对付完了别的顾客，回首一瞥，露出浅浅的笑靥："人家说是阿弟打不死啦，一辈子也用不坏的，你说是不是好正点吧！"兔子使劲拽了拽提襻，倒也结实，假冒归假冒，却是伪而不劣。大毛毛告诉兔子，别小看了这类玩意儿，它撑着好大一块市场哩。那哥们儿专爱在菜场里考察国计民生，经常是从鸡蛋番茄价格说到WTO，说到农村剩余资金和劳动力的什么走向之类。

　　大毛毛如今也是居家男人，厂里下岗了，家里买菜的一摊事儿就归他打理。兔子常在菜场里跟他照面，手里拎着土豆茄子听他侃侃而谈，让那老兄蒲扇似的手掌在自己肩膀上啪啪啪地拍出响儿。大毛毛跟菜摊上那些男男女女都混得很熟，一路晃悠过去，一路有人打招呼——"哟，老板，今天你赶巧了，这笋上午刚挖来。""……别走啊，这把冬腌菜就是给你留的！"徜徉于瓜菜果蔬之间，跟各摊贩夫走卒搭三搭四，兔子随着大毛毛一路转悠，自我感觉一下子好得不得了。人家看来，他和大毛毛真就是"老板"——既然兜里还摸得出几张钞票，隔三岔五就该换换口味，赶上周末要是不大把花钱实在是对不起自己。可是兔子心想，这年头究竟谁有做老板的命，真还说不准呐。人说庄家风水轮流转，帝王将相宁有种乎？过去这排摊位上一个卖笋干的小姑娘，两三年就赚出了开店的资本，在那边开了一爿专卖调味品的小店。说不定，再过几年又是一番气象。当然，不是每个卖菜的都有这种机运，尤其那些新来乍到的乡下人，搓弄着一双黑黢黢的大手，脑子里还一筹莫展。可是，他们挈妇将雏来到这座富庶的城市，无不怀着发财的希冀，似乎没有理由不作那种想象。空闲的当口儿，他们择着菜，嘴里谈论着"非典"和股市、张国荣和木村拓哉。在堆叠着盛满大葱的箩筐后边，一个蓬头垢面的女人，一手剥着毛豆，一手抱着孩子喂奶。

拐角处卖青菜的摊位那儿，一对捂着口罩的年轻夫妻走过来，在菜堆里翻来翻去，看样子是不知如何挑拣。女的说，想来是挑小株的好，男的扯了扯领带，没说什么。兔子叫他们挑大株的："——当然是大的好！""你说什么？"

兔子马上转过念头，随人家怎么挑吧。菜场里的故事总是没有下文，行色匆匆的人们踏着一地污浊绝尘而去。

一九九八

　　科索沃的枪声总在凌晨响起，兔子每每从梦中惊醒。梦里的故事随意剪切又胡乱粘贴，情节多半匪夷所思，不是煤气罐里解救人质，就是萨达姆突然蒸发。几百张碟片的故事素材早在他脑子里做了备份，一旦启动梦境，足够随机调用。说到看碟，那是兔子一大享受，他不看别的，尽看那些打打杀杀的动作片。现在的动作片早就不搞那种小偷小摸的案子了，场面都很大，上手就是倒卖军火核弹走私。外边影院里上映《泰坦尼克号》，别人都说好看，兔子嗤之以鼻，那种俊男靓女的温情故事居然成了一九九八年的开场戏，一首缠缠绵绵的主题曲搞得满大街都是脂粉气。其实生活并不温情——那艘泰坦尼克号到底还是沉下去了——倒霉的事情有时说来就来，就像动作片里多见寻常百姓被误伤的镜头。车毁人亡，横尸街头，一不留神就出乱子。这类场面见多了，兔子也练就了遇事不慌的功夫，说起国际国内的突发事件一下就能掂准分量。都说世纪末有些麻烦，什么诺查丹玛斯的恐怖大十字、埃及法老的咒语之类，瞎白话得有声有色，兔子告诉隔壁蜥蜴：到时候看吧，屁事没有。这世界真要是出点问题，他就得给安南拿个主意了。

一九九八年的温情序曲果然不是好兆头。三月间泰国传来股市汇市接连下挫的消息，以后的情形便是一塌糊涂，印尼、马来西亚、韩国、日本……接连栽进去了，报纸上的说法叫做亚洲金融危机。应该说，世纪末跟大好形势的时空兼容性总是差些，出点问题亦属正常。兔子心想，亚洲不等于中国，天塌下来也别把中国给埋了。看看人民币还坚挺，物价倒是只跌不涨，挨到夏天笃定放心看世界杯了。那阵子兔子尚无下岗之虞，每天照常小酒不断。可是一到夏天，国内居然也不太平，长江发大水，嫩江、松花江也发大水，成片成片的村庄被淹，村民们都爬到树上去了。电视里报道洪峰水位一涨再涨，沙市、城陵矶已经在高位上还在拉高，兔子慨然作想：换作沪深股指这样放量上攻就好了。回头一看，这一九九八真是磨难多多，做股票的朋友不顺手，做生意的朋友没方向，就连甲 A 那帮哥们儿也有些蔫蔫，球是越踢越臭。好在抗洪救灾这一仗给拿下了，严防死守，人在堤在，真叫英勇悲壮。一九九八年的故事大起大落大悲大喜，这一出是重头戏。

不过这一年多来的故事错综复杂，枝枝蔓蔓更是不少，国际上的盘面大幅震荡，一些悲剧冲突终而演变成喜剧情景。俄罗斯两度现出内阁危机，基里连科的"百日维新"竟然没有一丝的悲壮意味，成了人们饭后茶余的笑料。事到如今，全世界都在为叶利钦的心脏操心，善解人意的叶利钦倒也时不时要你呵护他一下。兔子最想不通的是白宫绯闻案会搞成这个样子，美国人搞笑也真有绝活。出人意料倒是克林顿的支持率仍居高不下，也许世道真是不同了。如今不再是林肯、罗斯福的英雄时代，人们需要的不再是伟人，而是伟哥。互联网上有一则外商广告实在有趣，吹嘘它的洗衣粉洗涤效果如何之好，什么样的DNA都能一洗了之。比尔的霉运转眼成了人家的商机，兔子看了不由直乐。这年头说来还是商家坐大，国际上叱咤风云的商界人物愈来愈多，就说另外那个比尔（比尔·盖茨），论影响就不比克林顿逊色。不妙的是这位比尔也惹上了一身官司，据说他的微软公司违反所谓"反托拉斯法"，弄不好要被肢解。打官司的事情兔子见得多了，这会儿要是碰见盖茨，得提醒他"你有权保持沉默……"洛杉矶警察拘捕嫌犯时总得有这么一句。说实在的，眼下正是托拉斯大行其道之际，何以事情到了盖茨那儿就行不通了呢？是啊，这一年来不断有大公司购并的报道，石油业有埃克森与美孚联手，汽车业有戴姆勒—奔驰兼并克莱斯勒，出版业则有贝塔斯曼收购蓝登书屋，还有好几起大银行的合并，至于如日中天的信息产业，这档子事情更是家常便饭。转眼到了一九九九，一看还是这个行市。你要是不懂这其中的奥妙，且听兔子怎么说。这叫强强联合，资本重组，发挥集团优势。如今不比联产承包那会儿，生意都要往大里做，兔子知道这没错。看这势头，"全世界资产者联合起来"成了当今的时髦。

当然，兔子管不了世界上那许多事情，虽说是全球化时代，还是没法在美国人里头找麻将搭子。他觉出有人就是爱出馊点子，总想弄得人人都打着领带上班，中午去吃麦当劳。也许大势如此，也没办法，兔子真是不想为此操心。再说他也明白，自己下岗后就跟下台的戈尔巴乔夫一样了，只有在一边说风凉话的份儿，单位里看门的也不拿正眼瞧他。所以，国际奥委会的受贿丑闻也懒得去理会。前些时候听说欧元启动，大伙儿一阵发狂，可是到现在谁也没见着那玩意儿是啥模样。报纸上都说面向新世纪什么的，兔子自然欣欣鼓舞，扳着指头算算，离下个世纪那道门槛真是不远了，心里陡然生出几分感慨几分惊讶——时间真是过得快！那天，跟老婆拌了两句嘴，那女人一跺脚跑了，到现在还不回家。兔子心里愤愤地想着，何时科学发达了，我把你克隆一个拴在家里！说来这不是不可能，好莱坞大片里这可是个新鲜卖点！

卡　妹

　　卡妹本来最喜欢那个绿头发的韦斯特，可是那家伙不学好，偏去了 AC 米兰。于是这世界就有点不大对劲，鸟下海，鱼上树，想起就别扭。心里不顺就跟老爸来气，谁知老爸竟说小韦又把头发染红了，你替人家操什么心，听上去整一个没心没肺。老爸也算是球迷，却要差出两个档次，看球时只会傻傻地发乐，哪边进球他都叫好，不知他看些什么。不料那天打开电视机一瞧，这韦哥真是吃错药了，脑门上红兮兮的惨不忍睹。卡妹把这事儿告诉班上的女生，全都愣了，傻了，回过神来哇哇乱嚷。然而，无独有偶，听说贝克汉姆剃了光头，男生里边那些留长发的也都乱了方寸，拿不定主意是跟着剃光还是不剃。接二连三的这些破事来得也太突然，弄得卡妹心情全无，校园里也跟着乱了半个学期。

　　意甲赛到最后一轮还有一个大悬念，尤文图斯能否夺冠尚在未定之数。临到结局的气氛毕竟不一样，卡妹已经顾不得小韦的事了，拉着尤文图斯的支持者四出游说，总算把那几个拉齐奥派弄得心虚气短六神无主。可是拉齐奥仅差两分，她早就想到最坏的结果：尤文图斯要是栽在佩鲁贾手里，而拉齐奥又从对手那儿全取三分，岂不是……真要出现这种结局，天下还能让人活么？卡妹是坚定的尤文图斯派，当然相信尤文图斯会赢。现在老爸也支持尤文图斯，倘若佩鲁贾进球绝不跟着起哄，他发过誓的。尤文图斯的人气真是旺，那天市面上仿冒的尤文图斯条纹队服也特别热销，卡妹转了好几家商店都说卖光了。一个不知趣的店主竭力向她推荐拉齐奥的，愣说女孩穿这种式样显得文雅。她暗自嘀咕，这人精神病！满街转过来，倒是让她逮着了，那种电视上常见的黑白相间的斑马条纹衫真有几分魔力似的，穿上它坐在电视机前，感觉就像置身意大利的球场。开赛那几分钟里真是好爽，看过去镜头里也是一排排的黑白条纹，像波浪像飓风像闪电，很酷很硬很什么的。然而谁也没想到，比赛却叫人失望。倒霉的雨下不完的下，皮球沾雨就打蔫，齐达内一班巨腕也玩完，下半时反倒让对方灌进一球。卡妹很难接受尤文图斯输球的事实，关掉电视机眼泪跟着就出来了，显然这个世界又出了问题。她一头钻进自己房间，足足哭了两个钟头，一阵势如疾雨的号啕之后是久久的抽泣。老爸敲门不应，只能在门外小心翼翼地说着安慰话。老爸也想这世界是有些莫名其妙，爱之如此深切的事情还真是不多哩。

　　老爸琢磨不透卡妹为什么如此偏好尤文图斯这支球队，也实在看不出意大利的球事跟咱们这儿有什么关系。假如那儿发生地震，咱们还可以表示一下人道主义关怀，而今只是球场上的输赢，有这么严重吗？他记得过去有一句话说是"世界上没有无缘无故的爱，也没有无缘无故的恨"，现在想想事情总有例外，比如这是不是一种"无缘无故的爱"呢？他想那肯定就是爱了吧，就像有一首歌里唱的"这就是爱呀，说呀说不清楚……"爱是不能谴责的，因为这在女儿心目中太重要了。此刻即便是无缘无故的作闹他也不敢呵斥，否则招来"无缘无故的恨"更难收场。门那边啾唧的啜泣声良久不绝，这回卡妹的确是伤透了心了。

十年踪迹十年心

　　那老人在河边石凳上坐了很久。他知道河里没有鱼，却不知为什么堤畔上竖着禁止垂钓的警示牌。岸边杜鹃谢了，几株栀子花才刚吐出淡淡的花蕾。草地上一个戴金耳环的小伙子在用手机浏览新闻，身前投出的三维视频晃动着不断切换的实景图像，声音吱吱啦啦地飘过来——京沪学者激辩火烧赵家楼法律责任问题孔家店中华料理连锁在斯特拉斯堡开出第一千家分店法国总统奥布朗委托国家旅游局局长前往联合国安理会闭门磋商加利福尼亚公民自决提案意大利红色旅重现江湖学者强调五四祭孔已成风尚人士指出孟买方案未必能够提振亚元信心……这是二〇一九年五月四日。风和日丽，树犹如此。

　　午后四点的阳光有些躲猫猫的意思，他想起自己第一次来这个城市推销聚丙烯酰胺的事儿。二十年前城里人开始热火朝天安装保安笼。在网吧里往公司发了几封邮件，出门时太阳却变得灼烈无比，两眼都睁不开了。街对面电影院上映《霍华德庄园》。警察在那儿干吗？听说是英国人的一堆家庭烂事，小资白领就好这一口，可是怎么有黄牛贩子在人堆里窜来窜去兜售火车票……是在那儿看的吗？体彩阿婆兼做办证开发票。旅馆房卡稀里糊涂塞进了 ATM 机。他有些疑惑。要不，就是看碟了。反正是冲着安东尼·霍普金斯去的，他喜欢霍爷那种老男人味儿。艾玛·汤普森扮演的玛格丽特浑身写满了和谐二字，现在还记得那句著名台词：我说是就是，可你说的不算。后来他看了福斯特的小说，才真正窥破想象与世俗之间那点猫腻。在一个疯狂变革的时代，甲方乙方，姓资姓社，没有搞不掂的关系。幸好那时候趁着还有精力读了一点书，脑子里积攒了一点东西。他总是跟儿子说，人生一世留不下多少内容。人们所谓最后的阅读也就是那几年光景，现在想来当初浏览网文都是一大享受，还记得网上流传的一个热帖《在我当五毛的日子里》，那些内幕让人惊诧而又发喙。如今网上几乎没有连缀成篇的文字帖了，满世界只剩下了影像和声音。

　　十年前那场金融风暴颠覆了市场的法则和规律，多少亿市值一夕蒸发，多少江湖大佬潸然出局，所有的预言和梦想都成了梦中碎片。从派发消费券、鼓噪买房即爱国到号召大学生上街摆摊，一大堆病急乱投医的招数让人眼花缭乱，网上称三个臭皮匠臭死诸葛亮。美国人花尽了明天的钱再来搞金融社会主义，中国的官员和专家忙着忽悠老百姓大把花钱，好歹得补上消费资本主义一课。两头都拴上了凯恩斯，凯子神话在重述中不断放大。碎片放大了看，梦里的故事多半也有板有眼。灯下扳着脚掌剪趾甲，别说是匪夷所思，那巨大的脚掌居然就长在自己腿上，胳膊伸出去居然还能抻出一节，刚好够到了脚趾。扳着趾头一个个剪过去，就像电影里的慢镜头。剪完左脚剪右脚，可这边没剪完那边又长出来了，于是转过去再剪⋯⋯从左到右，从右到左。西西弗斯的梦魇？卡夫卡式的暗示？

床头老妻读词，清音落落。"平生箇里愿杯深，去国十年老尽少年心。"整一个骨格苍老，音节顿挫，山谷见梅起兴内心却是无限凄怆。放下阅读器摩挲再三，犹似古人抚卷忾叹。同调同句再觅十年之例，捃摭检索，相与倾囊倒庋。忽忆纳兰风雅，有曰：背灯和月就花阴，已是十年踪迹十年心！

被叙述的记忆

冬日里，瞧着一片碧绿的菜畦，他想起一些很遥远的事情。五十年前，那条老河上还常常漂过竹筏。河畔青青，高柳蝉嘶……瓜棚豆架下赤条条地躺着一男一女。那条河，在他心目中就像是《哈克贝利·芬》里边的密西西比河，会将莫名其妙的思绪带向远方。当然他后来才读到马克·吐温那本书，哈克的故事里边有他，他并不缺少哈克式的应变能力。宇文成都哀叹天不助我，人生最初的感悟就是生不逢时。一本《红旗飘飘》几乎翻烂了，还记得一本《武松大闹飞云浦》的小人书，英雄时遇的励志故事构成了他的阅读前史。

他们从大铁桥上纵身跳入泥沙俱下的湍流，那一瞬间真是鸢飞鱼跃的欢喜。夏日的洪水淹没了沙洲，漫过船埠和护堤。河边，有人用带钩的长篙打捞上游漂来的农具和溺毙的家畜，供销社歪头捞上一只澡盆一只马桶。他们游到一艘上

《武松大闹飞云浦》

行的驳船后边打水仗，硬把一排竹筏给拆了。那回被船工打得头破血流，还押进了派出所。各人让大人们领回家又是一顿暴扁。母亲斥责他老是在外边拆天拆地——你要是不好好读书，以后就像郝兴伯那样去挑土方。

郝兴伯原是扫街收破烂的，那年建热电厂被召去做民工，在工地上挑土方一天挣四角八分钱。按照大人们的逻辑，挑土方就是没出息。喇叭里整天唱响"我们走在大路上"，感觉中那时候就是"大国崛起"了，其实意气风发的岁月分分秒秒都是猥琐叙事。郝兴伯不曾想也风光过一阵，革命革过一革，作为工人阶级代表进了班子，成了响当当的人物，真是帝王将相宁有种乎。郝家五个孩子没有一个读到初中毕业，后来却有三个当了老板。身家过亿的郝家老二去年过年回来给他爹上坟，见到当年的"赤卵兄弟"格外亲热，一说就说到他们在河上跟船工干仗的事儿。郝家的第三代不会再有祖辈父辈的粗鄙人生了，他们都在国外留学（有的读硕读博，也有在学校挂单成天玩飙车的），过年也不回来。中国人的观念变变也快，如今时兴所谓三代打造一个贵族。千门万户瞳瞳日，总把新桃换旧符。

郝某说，中国的事情就是不断洗牌。他们小时候的一切道理都反了个儿，过去叫你夹紧尾巴做人，如今讲如何推销自己放飞自我。可如今的社会门槛总是压你一头。如今孔子又成圣人，当初还跟林彪一条线上。从"阶级斗争"到"和谐社会"，从"抓大放小"到"国进民退"，三十年河东一眨眼又河西。怎么说来着，那叫与时俱进。别说这哥们儿没念几天书，却从生意场上读懂了中国，在麻将桌上勘破人生。作为读书人，他看问题的方式多少有些不同。他知道从儒学道统中去寻找什么核心价值实在是不靠谱，能够脱离宗法制度去谈论孔孟之道？中国文化实在博大精深，随便找一个说法很容易，可是一切都能找到反例和反面的道理。他想，既然两个悖离的世界能让你出入自如，恐怕所有的道理早已烟消云散。

《想象与叙述》

新世纪头一个十年就这样过去了。梳理一下这十年的关键词：九·一一，神五神六，房地产，矿难，国学热，四川地震，奥运，城管，潜伏，金融风暴，甲流……他在读赵园的《想象与叙述》，对于历史是怎么"被叙述"的事情甚感兴趣。可是他想象不出菜地和老河的记忆倘若留给后人会成为怎样的想象，也不知道那些东西是否还能"被叙述"。

你没去格罗兹尼吗

如今男人守家，女人在外边打拼也是一种风气，打拼不完全是为了"搵食"，也有非要实现那份自我的意思。兔子明白，让娘儿们折腾一回没有什么不好，这一点上你得理解人家。所以，他自甘情愿打理家务，让老婆腾出手去打理世界。老婆是记者，早先走街串巷，采访街道里弄那摊婆婆妈妈的事儿，后来跑过工交政法、党群社团，市面愈跑愈大。说来还曾跟阿兰·德龙、尼克松那些大名人混个脸熟，只是轮到她采访尼克松时人家已经不是总统了，只掏弄点边角花絮回来交差。她在这一行里干了二十年，终未得机会采访各国政要，也没逮住过风云际会的重大事件，这种遗憾几乎成了心中永远的痛。她常说起意大利女记者法拉奇的传奇经历，说得多了，兔子也耳熟能详，人家专找影响全球事务的大人物对话，跟基辛格、卡斯特罗、邓小平纵论天下大事，倒是很爽。大概做记者的都很羡慕那种赶在时代浪尖上的极速人生，今天报道财富论坛，明儿直奔科索沃去了。

假如她说要去科索沃，兔子也得让她去过把瘾。老公这样说了，她就很当真，好像已经不是"假如"什么的。那天带回来一本英文妇女杂志，里边介绍一位专搞战地报道的女记者，叫杰妮娜·吉奥瓦尼（这姓氏好像也是意大利人），去过索马里、塞拉利昂、车臣、科索沃、利比里亚、东帝汶……反正哪儿有战乱就往哪儿跑。她不厌其烦地讲给兔子听，讲到一处，兔子跟着哇噻一声，表示惊奇、感奋或是仰慕之类。她讲着讲着就出神了，好像自己也进入了角色，还把地图找出来。兔子不懂英文，看看图片上身着迷彩服的女记者，果然也英姿飒爽。她说车臣的战事并未平息，格罗兹尼附近枪声不断……兔子你想象不到那边局势多么复杂，我的手提电脑在哪儿？兔子这会儿犯了嘀咕，哇噻，你这就走吗？家里还真有一件迷彩背心，好像是在哪个旅游景点买的，当下便从柜里翻腾出来。她就那么一本正经套上了，对着镜子瞅过来瞅过去，镜子里一脸灿烂。

第二天清早她果真穿着那身迷彩服上路，拎着她的手提电脑，像雾像雨又像风地走了。兔子傻了，心想格罗兹尼那种炮火连天的地方有什么好玩的，你怎么说走就走呢，这个月

按揭房款交费的事情还没跟我交代哩……好在如今通信倒也方便，傍晚她就来电话了，手机里传过来的声音还蛮清晰："……你今儿没出门吗……我都好……换煤气的来过没有？"

"你现在的方位，在什么地方？说具体点……"兔子一边接电话一边找地图。

"……在车上，前边路口又堵了。"

"你们还没有进入前沿吧……那儿是不是很乱？"

"乱是乱了点，哎哎，前边已经动了……"

"哇噻，什么声音，是不是坦克开过来了？"

"哈哈，那是掘马路的镐头机，金地大厦这边马路又掘开了。"

"啊，你没去格罗兹尼吗？"

格罗兹尼那种地方不去也罢。可是不知怎么，兔子这会儿竟有些大失所望的滋味。

梦　境

　　他幼时梦里总少不了吃的诱惑，只是那些飘忽的食物永远到不了嘴里。从三年自然灾害到上山下乡，其实身处饥馑岁月煎熬中的几代人都是如此，梦里不变的主题总有一个"吃"字。当然，后来于饮食之外又有男女之想，俗话说"梦里娶媳妇"，同样也是无奈中的好事儿。白天干革命，放眼五洲四海，夜梦中却是万变不离饮食男女，愈是触及灵魂的革命年代，梦境里愈是赤裸裸的人之大欲。就像当时的文艺作品那么千篇一律，做梦也是公式化。总要等到温饱奔小康之后，当人的欲念从基本的生存需求拓展开去，想象力才能在梦境中得到充分提升。从这个意义上说，八十年代初的思想解放也是中国人的梦的解放。从那时起，他做起了飞翔的梦——据说许多人都有过这种梦境，身体像大鸟似的腾空遨游，忽而又扶摇直上，仿佛在挣脱现实的羁累，正如徐志摩在散文诗《想飞》中写道：风拦不住云挡不住的飞……飞出这圈子，飞出这圈子！到云端里去，到云端里去！

梦里想着摆脱现实的圈子，多半也印证着现实的不如人意，所以那种飞翔的浪漫梦想之后往往会接上一段悲天悯人的插曲。四肢不全的乞丐和踯躅街头的失学儿童，奄奄一息的青蛙跳不出干涸的河床，倾圮的老屋连同一地瓦砾……新的梦境亦不免闪回旧时风景，可是贫困与饥馑已从自我体验转移到对他者的观照。不过，做梦的事情跟现实总是有所区别，生活中他没有必要去操心许多社会事务，而梦中却揣着满世界的鸡毛蒜皮。有一回梦里跟海明威一起喝龙舌兰酒，讨论的不是文学，却是人民币汇率。其实，梦里拜访名人的机会并不很多，有时候整个睡梦里反复出现毕加索的画，花花绿绿一大片，就是见不到毕加索本人——咖啡馆的女招待说他刚才还在这儿！梦里的思维很奇怪，一些不搭界的人和事很容易就捏合在一起，比如你可以跟巷口小店老板商议拍卖五角大楼，或者找斯大林签字报销差旅费（好像他就是单位的头儿），这一切仿佛都很自然，也都做得天衣无缝。生活中，人的社会角色多半具有某种稳定性，譬如公务员就很难跟歌星进行角色串换。可是，人们潜意识中却往往兼具多重角色的人格特征，因而在梦境中，农民工可能会以政府部长的身份来考虑问题，而地产商没准就顶替了乞丐一类角色。

既然如此，他不妨试试自己在梦里还能干些什么，譬如去做一名联邦特工如何。可是 FBI 的头儿一副死脑筋，硬说他这人脑筋太死，启动不了市场。幸好原先负责那一片的康纳利买断工龄提前退休，机会就来了——那日他换一身休闲夹克，踱入昏暗的酒吧，去跟一位线人接头。现场的情景实无丝毫新鲜之处，吧台上调酒师深鸷的目光，四周鬼鬼祟祟的人影。只是当突然意识到自己落入陷阱的一瞬间，伸手向腋下掏枪，却怎么也掏不出来。想来那种反应是要经过专门训练才有的，哪怕是想象中也不能把生手变成专业特工。阴郁的萨克斯风带着丝丝缕缕的血腥味儿，一阵揪心揪肝的呜咽，他躺倒在冰凉的地砖上，脸上被人浇了一杯啤酒。那会儿他心里想道：这下惨了……这种梦会把自己吓出一身冷汗，可是也够刺激。因为这跟日常生活产生了有趣的反差——生活中的你总是你自己，沿着生活的惯性亦步亦趋，而只有在梦里，你才有更多的机会去实现人生的种种可能，去另塑一个自我。在梦里，你可以作为摇滚歌手、运动员或是银行家去周游世界，可以跟叶利钦拍肩膀，可以对 CNN 记者随意发表你对朝核问题的看法。当然可以大把花钱，拉动消费，因为不花白不花，等你醒来就没有那笔预算了。

　　得意的梦境并不常有，即便在虚拟人生中他也是庸常之辈，做联邦特工顶多是个小角色，总嫌巴黎物价太贵。不过，这并不影响那种梦幻人生的快慰，毕竟梦里的自由度很大，既然跳槽容易，何必非在一个地方待着。摸着石头过河，良禽择木而栖，哪天到了巴基斯坦，你会觉得东西便宜得不像话。说到巴基斯坦，那回梦里真就把他发送过去了。他居然作为一名软件工程师去那儿做技术服务，给巴方经销商培训一套网络服务器的操作系统。那玩意儿可比 Microsoft 的货色好得多，操作界面全是智能化的，所有的图标都用一只活蹦乱跳的兔子来表示，鼠标移到它那儿，兔子的肢体一下子会放大数倍，做出某个指令的手势或神态，还伴有语音提示。这种逗趣的风格果然受欢迎，把那些巴基斯坦人惹得哈哈大笑。其实常规操作还要简单，只要事先设定兔子的一连串肢体动作就行，然后你就看着那只搞笑的兔子把事情一样样搞定。不过，这兔子有时也会偷懒，事情做了一半就进入了酣睡状态，你用鼠标点它，它迟疑地翻了个身，居然发出呼呼的鼾声。你根本没法把它激活。巴方的技术人员问他怎么办，他说只能等它睡醒了再说。鼾声愈来愈响，愈加肆无忌惮，似醒非醒之际他突然意识到这是自己在打鼾。当他意识到自己在做梦，心里往往犹豫一下：是否接着做？可是，那个称为"搞定天下"的软件在巴基斯坦是搞不下去了，在卡拉奇机场他跟北京的公司总部通了个电话，那头表示不解，说根本不可能出现这种情况，要不你手里那套盘是盗版的……

说不定真是被人坑了，不知哪个环节出了岔子。说来在梦里被人算计的事情已经不是一次两次，只是从来没挨到真相大白的时刻，这一点跟通常所见的警匪片很不一样。往往有这样的情况：一个梦里的悬念会留到另一个梦里，可是在另一个梦里依然没有打开问号。他不知道按照弗洛伊德的理论该怎样解释，也许人生有着太多不可知晓的东西，也许是自己根本就不想揭穿谜底。对他来说，做梦的乐趣是最重要的，真正的忧患不妨留到梦醒之后再作考虑。如此做梦，想来也是活得太累的缘故，就像人们喜欢看警匪片读金庸的小说一个道理。从某种意义上说，梦是自娱性的文艺作品，并且具有超文本的话语逻辑——想到哪儿是哪儿，不受任何创作理论的限制。所以，尽管梦里的事情多么有趣，却是不能当真，姑妄做之，姑妄受之，他这辈子从来不做详梦的努力。他想起鲁迅说过这样的话：做梦，是自由的，说梦，就不自由。做梦，是做真梦的，说梦，就难免说谎。这是鲁老夫子在一九三三年写的《听说梦》那篇文章的开场白。一九三三年他在哪儿？柏林的局势很险恶了，有头脑的侨民已经开始撤走，他居然还在勃兰登堡门的大街上卖馄饨，每天夜里读毛主席的《在延安文艺座谈会上的讲话》。毛说鲁迅是中国人的脊梁，说要让群众喜闻乐见。说到鲁迅，他也有过一面之雅，在新华书店柜台上，鲁老夫子佝偻着身子签名售书，身旁堆着一摞《故事新编》……

逢八之年

二〇〇八年来了。恭贺新禧，恭喜发财。发财未必人人有份，"来了"倒是来了。

逢八见喜，应了中国人的口彩，这绝对不会是一个平淡乏味的年份。奥运大戏不消说，球迷们还有午夜狂欢的欧洲杯。奥运年也是美俄大选年，近几届的美国大选是愈来愈有娱乐性，而普京之后俄罗斯政坛谁主沉浮也将备受关注。风云际会，商机无限，看来房价和 CPI 将持续上涨。诺基亚预言视频手机将成市场主流，亚洲股神李兆基预言大盘依然强势。

不过，逢八并非都好，上推十年，一九九八年便是凶多吉少。许多人还记得那年上映的美国大片《坦泰尼克号》，那出冰海沉船的开场戏绝对不是好兆头，跟着亚洲就闹金融危机，泰国、印尼、马来西亚、韩国、日本……一个接一个翻船。国内是长江发大水，嫩江、松花江也发大水，电视里瞧着成片的村庄被淹让人揪心揪肝。那一年，俄罗斯两度现出内阁危机。基里连科的"百日维新"搞不清是悲剧还是闹剧，克林顿的白宫绯闻竟成人间喜剧。

上溯一百年，一九〇八，更不是什么太平年景。风雨飘摇的大清帝国看似有几分维新气象，外资热钱大量涌入，汉冶萍公司、津浦铁路都赶着上项目。那一年，革命党人相继起事，十月里光绪皇帝和慈禧太后先后驾崩，王朝的背影遽而渐行渐远。那一年，欧洲的经济说是相当不错，但正如茨威格在《昨日的世界》中所说："欧洲国家到处都显得怒气冲冲，剑拔弩张……经济的景气使得所有的人都像发了疯似的，想攫取更多的财富。"巴尔干的枪声令人惴惴不安，奥匈帝国制造的波斯尼亚危机埋下了第一次世界大战的祸根。

上溯一千年，一〇〇八，正是虚浮、伪诈的北宋大中祥符元年。史书有载：正月，朝廷诈谓天书降，因改元。十月，真宗封泰山，禅社首。十一月，驾幸曲阜，祭孔子。澶渊之盟后，真宗压根不干正事，天书封祀，尊道弘儒，尽是典章礼仪的繁文缛节。相比之下，尚处中世纪黑暗中的欧洲竟无文明章法，欧洲人连姓氏都没有，名字缀以绰号便是尊称。神圣罗马帝国已经衰落，法兰克国王胖子查理死后，煊赫多

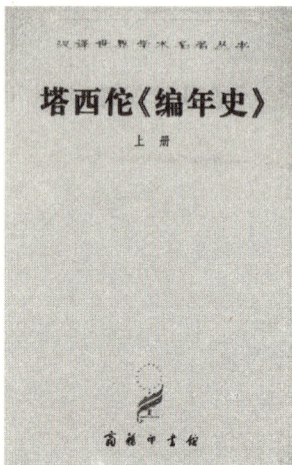

塔西佗《编年史》

上 册

《塔西佗〈编年史〉》

时的查理曼帝国迅速土崩瓦解。一千年前的欧洲没有什么可夸耀的，那时英格兰还尽让北欧海盗欺侮，转而又被诺曼底的威廉摆平了。一千年前的超级大国是拜占庭和伽色尼，那两大帝国都在今天最动荡不安的中东和中亚地区。

上溯两千年，公元系年中第一次出现"八"的序数，那是充满阴谋与暴力的岁月。从共和走向帝国的罗马势头尚猛，可是罗马人征服莱茵河以北的计划却实在是打错了算盘，竟而栽到日耳曼人手里，老迈的奥古斯都拍着大腿哀号："瓦鲁斯，还我军团！"《塔西佗〈编年史〉》追溯奥古斯都晚年景况时说，罗马城里到处都是流言蜚语，"一些人担心会爆发战争，还有一些人却希望发生战争……"元老和骑士都各怀鬼胎。是岁，在中国是典型的恶煞，春天的地震不啻是一种凶兆，二百年的西汉王朝走到头了，王莽篡汉加快步伐，"新"皇帝终于赶在岁末即位。

他隐隐担忧，二〇〇八恐未是太平之年。

时间碎片

望着刘翔转身而去的背影，他不由想起萨伏伊别墅的螺旋梯和坡道，想起逃亡的斯科菲尔德兄弟，想起自己小时候从跨江大桥上跃入水中的惊魂一瞥……半空中那把油纸雨伞突然开裂，失去平衡的身体就像楼上扔下一把破椅子，咔嚓地摔在泥地上。天地苍黄，蟋蟀在歌

柯布西耶设计的萨伏伊别墅的螺旋梯

唱，时间碎片再也粘不到一起，脑子里全是一幕幕空间穿插的镜头。

《越狱》海报

老式电风扇吱吱嘎嘎地摆动着，墙角里打字机噼里啪啦的声响殆如隔世，那是一种黑白电影里的场景。一九二五年，西贡，百页窗透出摇曳的树影。安德烈·马尔罗的中国叙事刚起了头，广州马路上已筑起街垒。七月流火八月桂花，四十年后他要去北京拜晤从井冈山走入紫禁城的毛泽东主席，聆听伟人述说革命秘辛。也许一切都缘于某个波澜壮阔的想象，事情要追溯到一八四〇年代的历史记忆，那天巴黎人络绎不绝涌向马尔斯广场，流言不胫而走……谁知道娜拉走后怎样，看客眼中是人生的悲壮剧？滑稽剧？

马尔罗隔海凝视中国那当儿，弗吕日现代居住区刚刚落成，那些底层架空的楼房让波尔多人大开眼界，从巴黎赶来的部长先生把柯布西耶的肩膀拍得山响。可是，才华横溢的建筑师并未搭上顺风车，直到"二战"前他仍被排斥在国家公共项目的委托之外，"巴黎还是沉默不语，将我拒之千

里"——他给母亲的信中忍不住这样抱怨。柯布从远处眺望巴黎，大老远地跑到布宜诺斯艾利斯、里约热内卢和莫斯科去寻找机会。为承揽项目，他不惜跟左翼右翼的政界大佬去套瓷，结果两边都惹了一身臊。有人专门写过一本书，阐释柯布的现代建筑是"布尔什维克主义的特洛伊木马"；而《费加罗报》则连篇累牍发表社论，抨击他的"粗野的泛混凝土主义"。

《弗吕日现代居住区》

经史传道，书剑养士，追寻新精神的柯布西耶注视着层出不穷的"人类问题"。战后马尔罗位陟高层，俨然成了文化领袖，他懂得柯布"为思想而战斗"的情怀，托付之巴黎十万人体育中心和拉德芳斯的建筑方案。可惜后者走得仓促，两个方案都未能亲手完成。马尔罗为柯布争取了机会和荣誉，但他们算不上朋友，对方写来的许多信件竟以"提请安德烈·马尔罗先生注意"的字样为抬头，写着写着就露出一副讨债口气。

逢九之年

穆索尔斯基 里姆斯基

他一直在琢磨，做人的滋味究竟是什么？是忍是愁，是悲是喜？涕泪飘尽，燕子斜阳来又去？是梦里看败荷疏雨，傍牖依阑一厢憔悴？是给老板下套，跟头儿博弈？回家听听音乐，想想这回逢九之年该是怎么个局面。谁知老穆唱的是哪一出，《霍万斯基之乱》老是卖关子，一会儿含情脉脉，一会儿磨刀霍霍。里姆的钢琴显得精灵古怪。老柴的《序曲》火药味太浓，越到后边越什么，鼓声钹声钟声震耳欲聋，炮声也来了。

以前读鲁迅的《拟豫言》没看出什么深意，那不过是《而已集》里一篇戏谑小文，所谓预测"一九二九年出现的琐事"而已。可现在看来，鲁老夫子的谶语像是天机早泄。譬如："有公民某甲上书，请每县各设大学一所，

柴可夫斯基的《1812年序曲》

添设监狱两所。被斥。"开头一则就耐人寻味。公民上书"被斥"自是必然，不过这"公民某甲"绝非升斗小民，"被斥"是那一脑门子工程项目筹划得不是时候。一九二九年是什么年头，南京国民政府立足未稳，这便想着吃土地财政只能说是利令智昏。"每县各设大学一所"那等好事儿，须待本世纪初大学疯狂扩招才有盼头。海归政客们按捺不住的发财心理是让鲁迅说破了，可是说得太早。

又一则："正月初三，哲学与小说同时灭亡。"旧俗正月初三是"赤口日"，须防招惹口舌是非，正好封杀言论。古人说"儒以文乱法"，废了那些妖言惑众的玩意儿才好，老百姓

烧完门神纸都洗洗睡吧。鲁迅以绝对超前的眼光发现思想与想象之前景不妙，可要说立时三刻就要玩完未免言过其实，此后左翼非左翼的文化人毕竟都还有过一段辉煌。

再看一则："有公民某丙著论，谓当'以党治国'，即被批评家们痛驳，谓'久已如此，而还要多说，实属不明大势，昏聩胡涂'。"老蒋倒是将"以党治国"的理念追溯到孙中山那儿，其实在"训政"口号下实行党政双轨制的局面那时候还刚刚形成，说"久已如此"便显得夸张。不过，大势如此，倒也让人糊涂不得。

鲁迅的预测实是看远不看近。一九二九年，最大的事件就是影响全球的美国经济大萧条，这事儿可没让他说着。这一年，他老人家意料之外的还有诸多大事小事——

一月十九日，梁启超在北平协和医院病逝，终年五十六岁。

二月十三日，江苏宿迁县小刀会五千余众暴动，大旗上书"党逼民反"四字，捣毁国民党县党部。中央军第九师进驻宿迁弹压。

三月十四日，国民党南京市党部召集党员代表大会，通过反对蒋介石圈定指派国民党第三次全国代表大会代表的议案。有亲蒋派冲击会场，与改组派骨干大打出手。

五月二十八日，孙中山灵柩从北平移抵南京。国民政府令：在孙中山总理奉安期间，禁止自由开会或聚众游行，倘敢故违，立即逮捕，照暂行反革命治罪法严行惩治。

七月十日，张学良以武力接管中东铁路。

…………

这一年，国民政府共发行公债十六种，总额二亿五千五百五十万元。

阳台物语

那是一处老房子里的三室一厅，房间和客厅都不大。这房子里同时住了四户人家，每个卧房是一家，阳台上也有一家。阳台不算小（比现在一般商品房还大些），宽一米六，长四米二，将近七平方米，作为一个房间也凑合。早先封闭式阳台还很少见，这阳台为了住人就封了起来，是用木头做的窗格，可能那时候还没有铝合金或是塑钢之类。

阳台和客厅之间那扇窗也堵上了，原来贴一些电影明星挂历，他们住进来的时候重新裱糊了一下，换了一幅很大的风景图片。阿慧每天都会盯着图片发愣，那景象很特别，一座海边的山丘，密密麻麻布满了教堂和修道院。老公说他们将来有一天要去那个地方，那儿叫圣米歇尔山。他最喜欢看她出神的样子，他给她讲故事的时候她也是这副愣愣的表情，突然会转过身来问一声，后来呢？后来嘛……他脑子里竟想

着以前的情形，山村的月光和蛙鸣，月光下的呢喃低语。后来他俩搂到一起，睡着了。

每天早晨，阿慧拉开窗帘就看见马路对面一派喧闹景象。一辆辆摩托车轰隆隆驶来，又轰隆隆地离去，阳台屋侧对着一家农贸市场，永远是人来车往。街旁小吃摊旁围了一圈人，炉灶上冒着热气。城市的躁动就像她肚子里的胎儿似的，总是带来悸动和惊喜。老公下楼去买早点了，她赶忙梳头洗脸收拾屋子，一早就像打仗似的。

他们之前这阳台屋换过好几户人家。最早的住户现在已是什么公司的大老板了，听老吴说那两口子当初就在对面农贸市场打工，在卖家禽的摊位上熰鸡毛，每天把一身臭烘烘的气味带了回来。老吴是这儿的房东，一个孤老头，自己住卫生间旁边的小屋，两间南房和阳台屋都租了出去。客厅、厨卫由住户共用，老吴除了睡觉不在自己屋里待着，白天都在客厅消磨时间。看报，看电视，自己跟自己下棋和玩牌。阿慧回来做饭的时候，老吴便凑过来聊天，说社区干部的腐败猫腻，说以前房客的事儿。照老吴说他们的阳台屋是块风水宝地，出过一个大老板，还出了一个教授。人家现在真叫风光呐。你怎么知道，人家搬出去了还来找你？电视上看到的，教授讲中国的房价还在起步阶段。不会认错人吧？千真万确，我脚骨勿灵，眼睛煞灵。阿慧相信自己不会一直住在这儿，再熬上两年肯定要换地儿，老公说了不能让孩子在阳台上长大。

白手起家的故事听上去总是激励人心。现在老公送快递，每天骑一辆电动车四处奔波。她给人做家政，要做到临产前一两个月再歇手。等赚够了本，他们打算开一家网店，做些小商品买卖。老吴说，你老公一看就是个能人。

窗台摆上盆栽就有了一种风景，他骑到楼下总是下意识地抬头望一眼。冬天是一盆仙客来，夏天是一盆米兰。好像是什么接头暗号。要是看不见那盆花，会是什么情况？他没想过，因为每天都能看见那盆花。过去在村里，如果阿慧窗口没摆上花他就不能进去，那表明她爹妈在家。阿慧的父母不同意他俩好，那时候只能偷偷摸摸地来。现在他跟阿慧已是板上钉钉了，可是过日子似乎还没有摆脱某种"假设"的情境，毕竟未来的一切仍在假定之中。他有时会想，如果他们有了自己的房子，如果是一处临街的屋面，如果是一楼一底……有这许多"如果"也好，这就像过家家似的能有许多想象。

阿慧问，明天想吃什么？他说了一道菜名，洛克菲勒焗牡蛎。阿慧笑翻了。这是在哪本书里看来的，他跟阿慧描述过。有回他给一家西餐厅送快递，看见窗口招贴上就主推这道菜。阿慧做了一盘菠菜炒黄蚬，他吃得挺欢。他说老婆就是聪明。

他每天都看书。一本《现代物流管理》都让他翻烂了。西头南屋那对兄弟是修电脑的，他跟人家学了不少，怎样重装系统，怎样解压缩包……还学会不少常用软件。他打算明年自己买一个本本。

农贸市场突然成了一片瓦砾。暮色中，只见推土机横冲直撞，挖掘机用铲斗晃悠着一堵残剩的山墙。他停下车，在那儿看了一会儿。转身之际，发现自家阳台屋的花盆没了。再一看，阳台屋的玻璃窗缺了一大片，露着老大的豁口。他扔下车就往家里跑。

老吴叫他赶快去医院。阿慧躺在重症监护室，脸上裹着纱布，身上挂着吊针插着管子，完全不省人事。医生告诉他，大人应该没事儿，可胎儿没了。医生的口吻很淡定，说话时连口罩都没摘。

据施工方解释，这完全是一起偶然事故。挖掘机进场作业时原地转弯出了岔子，可能操作有误，加长的液压臂出其不意伸出去了，摆到住宅楼这边，铲斗正好划过一排窗框。不幸的是那当儿阿慧一脚跨进屋里，碎玻璃像瀑布似的劈头盖脸地砸了过来。

他完全傻了，在人生的假定情境中，他从未将"偶然"因素考虑在内。手里捧着阿慧换下的浅褐色外衣，脑袋一阵阵地发紧。衣服是护士送来的，上面沾着一大块血迹。摩挲着衣领上的PORTS商标，眼泪不禁夺眶而出。这件山寨货就在家对面农贸市场买的，竟把阿慧喜欢坏了。

她两手掐腰，在客厅里一遍遍地走着猫步，一遍遍地问：是不是很淑女吧？

建筑史

有个孩子问，为什么古代中国建筑都是木结构，而欧洲人却用石头造屋？

这是一个不太好回答的问题。他得想一想。当然不是中国人不会使用石头，也不是石材匮乏的缘故，从宫殿台基、栏杆到乡间的石板路、石拱桥，华夏文化圈内到处都能找到石头的记忆。反过来想，欧洲建筑以石头为主也并非表示人家不懂木作手艺，更不是他们那片土地上缺少木材，早在公元前一世纪罗马人维特鲁威就在《建筑十书》中记述了木材的采伐和加工。有一种解释是，人类最初将木材作为主要建筑材料是受制于技术条件，因为在金属工具的雏形阶段，处理木材相对来得容易……这说法显然是把石头建筑的出现推置木建筑之后，也就是说欧洲的建筑文明应该晚于中国。可是，想想那些希腊神庙（更不用说埃及金字塔），有关"最初"的自豪感不免令人生疑，其实这上边很难认定孰先孰后。

问题抑或在于不同的人居理念？还真有那么一说。有人正是从木材的温润质感与石头的冷冰冰中看出了不同的生活意趣。有人不惮其烦地论证木结构建筑如何暗合农耕文化的田园诗意，好像石头城堡只能充作吸血鬼骑士的文化符号。还有人把中国建筑匀称流畅的线条视如天地人的和谐之境，而注重体积感和立面装饰的西方建筑则是一味张扬……建筑史著作里经常充满了诸如此类似是而非的说法，前卫学者喜欢将传统文化与时尚趣味一锅乱炖，而这本身也成了一种时尚。难道人们真是为了观念而栖居？如果要打捞旧日的诗意，也该听听"约之阁阁，椓之橐橐"的歌吟，版筑夯土的农民工绝不会想着"回归自然"什么的，造屋正是为避除风雨虫鼠之害，何曾成了风雅之赏。可是，真的没有那些主观因素吗？

中国建筑为什么不用石头用木头，他告诉那孩子，那是为了赶时间，不像你吃饭做作业都磨磨蹭蹭。用石头造房子太慢，在古代光是石材加工和运输就是旷日持久的劳役。罗马圣彼得大教堂造了整整一百年，巴黎圣母院造了一百八十多年，而德国的科隆大教堂前后耗时竟达六百年之久。神是永恒的，不妨天长地久耗下去，可是钟情于现世的中国人绝对等不起，尤其中国的皇帝和官员。中国历史上每一次改朝换代都是一番大兴土木，嵯峨相接的宫殿一转眼就起来了，实在是靠了木结构的施工便利，换作西方人垒石发券的搞法，怕是皇帝等到死了也住不进宫里。对了，皇帝死后的寝宫倒是万古永恒的石头建筑，他们大多即位之初就开始修造自己的陵墓，那档子破事可以搞上几十年。阴宅跟阳宅不一样。

所以，隋初宇文恺在短短的一年中就建起了大兴城（长安），而明代永乐皇帝打造一个新北京只用了四年光景（精雕细刻的紫禁城也只用了十几年）。这种速度可比之奥运工程。当然，造得快也毁得快。并不都是"楚人一炬"，戍卒未叫人心早已浮动。现在许多地方刚盖了十年二十年的大楼都炸了。中国历史上从来不乏重新洗牌的机缘，舜发于畎亩之中，百里奚举于市，帝王将相宁有种乎？天变不足畏，风水轮流转，别说生不逢时没人给你机会。中国人以生命的尺度调谐做事情的节奏，并不是发觉落后于西人才有了"大跃进"的思维。

人生忽如寄，寿无金石固。所以留不下城堞和穹顶，留下了一堆沉痛的文字。

卧薪者

色诺芬《回忆录》开卷第一句话就为苏格拉底喊冤："我常常感到奇怪的是，那些控诉苏格拉底的检察官们究竟用了一些什么论证说服了雅典人，使他们认为，他应该由城邦判处死刑。他们对他的起诉书的大意是这样的：苏格拉底的违反律法在于他不尊敬城邦所尊敬的诸神而且还引进了新的神；他的违法还在于他败坏了青年。"

然而，他感到奇怪的是，雅典检察官构陷的罪名如此荒唐，苏格拉底为何甘愿引颈受戮？他不太清楚两千四百年前那桩公案究竟有多少猫腻，不过想来苏格拉底实在是名声太大，难免引来杀身之祸——即使是雅典那种民主制度，也容不下这样一个智慧超群的人物。他说服自己相信这样一个道理：庸常才是社会稳定的基石。所谓芸芸众生，所谓主流社会，就是减去最高分和最低分的平均值。譬如，这臭烘烘的屋子里的十二个人，如果没有刺儿头，没有窝里横，没有高智商也没有窝囊废，没有洁癖公子也没有不洗脚就上床的，这屋子不就成了和谐社会的模范辖区了？

他在这儿"蜗居"了八个月，成天跟身边的十一罗汉混在一起。白天都在工地干活，晚上独自去网吧消磨一阵，回来跟大家聊天。他故意扯出一些话头，扯什么劳资关系、社保转移、户籍改革，讥嘲那些四六不靠的官方政策……他们倒也喜欢听他耍嘴皮子，这儿就他一个读书人，有事都愿意找他琢磨。喝酒的时候老何说他老婆要来了，得找地儿搬出去住。这事儿他不能不帮着操一份心，现在城东这边什么破房子租金都贵得吓人。说到房子，说到土地，说到流离的家园，谁都有一种两头不靠的彷徨。钢筋四儿说，等城里跟乡下连成一片了，到处楼盘挨楼盘，我看他们再上哪儿圈地？傻胖说，那就再拆迁呗！傻胖可不傻，几分钟的活儿也得跟工头抠哧。那叫"维权"。他来工地上混了才知道，这儿工资都是一天一结算。干活，拿钱，随时走人。怎么听着像是好莱坞电影里干杀手的活儿？这些民工脑子里不比他缺根弦，他们首先不能让人把自己给蒙了。其次，他们也聊国家大事，说起四万亿、国进民退、国富民穷……鸡一嘴鸭一嘴，每下都能叨到点子上。

他要写一本书，记下工地上的风风雨雨，记下这十一罗汉的故事。他不在屋里写，怕他们笑话，也怕引出横生枝节的事儿。他用网吧的电脑写，每天写一段，发到自己的电子邮箱里存着。有时祁哥也跟他去网吧，那哥们儿网上的事儿比他熟悉，从人民币升值问题到局长日记那些破事儿样样门儿清。祁哥是抹灰工，辛苦铜钿赚得不少，下班后常换一身西服出去泡妞。人家做梦都想做城里人。他知道，他们也会想着一些很遥远的事情。

现在满街都是招工启事，到处都是"用工荒"，大伙问他怎么看这经济形势。他说，不出两三年，咱们干粗活的准比那些白领赚钱多。这话引得大家开心。钢筋四儿一个筋斗从上铺翻下来，扯开嗓子就唱上了，等咱有了钱，就得这么花……烤烟没劲外烟太杀雪茄得抽古巴的，白酒太冲啤酒太淡洋酒得喝 XO 的……洋妞太浪土妞太傻要娶就娶混血的！

他想起《马太福音》里一句话，怎么说来着，你不体贴神的意思，只体贴人的意思。

三十年河东

改革开放三十年了，知青上山下乡四十年了。回眸这三十年、四十年，年年形势大好，岁岁一言难尽，国事家事自有喜悦与悲酸。一九七八年是当代中国的一道分水岭，此中宏旨大义媒体上已连篇累牍，总有一段往事牵起翰苑才子的理论情怀。其实，历史的步履并未从老百姓记忆中抹去。变革的话题不一定非要从小岗村的血手印说起，不一定非要扯到理论层面的是是非非，或许每年的"春运"倒是更为形象的例证。历史车轮确实掉转了方向：记得一九七八年之前，"春运"客流主要是知青流、探亲流，是回城之流，其后的情形可谓天地翻覆，客流主体开始集体换岗，换了那些一脸憔悴的农民工（最初被歧视性地称为"盲流"），一个个背着铺盖卷、扛着塑料编织袋汇入年复一年的返乡大潮……

三十年河东，四十年河西。从回城之流到返乡大潮，从

"以农为纲"到"城市化"，从"阶级斗争"到"和谐社会"，GDP不知翻过几番，一幢幢巍峨炫目的政府大楼拔地而起，遍地开花的洗浴中心洗脚屋更见繁华升平。然而，城外的人要冲进去，城里的人想杀出来。"春运"仍是一种围城之困。在电视上看着冰封雪裹的京广线和京珠高速，看着数十万人滞留广州站的惊骇场面，真是令人心悸令人心酸，一种耻辱感挥之不去。"春运"的故事背后是城乡二元结构的残酷叙事，平等与公正的期待就在风雪归途的虚耗之中。世路多阻，踬天蹐地，眼前那些沮丧乃至绝望的表情，那些疲惫而佝偻的身影，难道不是对整个社会的良心拷问？这让人想起马克思那个著名论断："他们无法表述自己，他们必须被别人表述。"

萨义德认为马克思这句话具有某种主观臆断性，其实彼此所处的历史语境大相径庭。也许中国的改革开放注定是一个特别复杂而艰难的历程，弱者的表达不像萨义德所说的那么容易实现。事实上，须由别人表述的不光是从困苦中走来的乡土中国。许多西方学者喜欢替中国的改革背书，现代社会的游戏规则原本由人家制定，发展的逻辑亦早已嵌入韦伯和布罗代尔的源代码。以前读黄仁宇《万历十五年》、《中国大历史》和《资本主义与二十一世纪》等书，见其讥嘲旧王朝"不能在数目上管理"之弊，颇不以为然。以今之西方文明衡估古代中国管理上的窳陋，未免空言喋喋而不得要领（这是一个倒置的阿Q命题：阿Q说我们先前比你阔，他说人家现在比你先前阔）。不过细想之下，黄仁宇强调此端实非治史之义，拿明朝宋朝那些事儿来说事儿自是用心良苦，说白

《万历十五年》

了是要指点中国的改革者如何从技术上补上资本主义这一课。《万历十五年》一书附录中写道："今日很多国家外间称之为独裁或极权，其实其内部都还有很多不能在数目上管理的原因……"按此思路，技术不啻是解决体制乃至道德和价值问题的一帖万能良药。

自从唤起了"数目字管理"的巨大热情，效率崇拜就成了一个本土神话：林林总总的政绩考核指标，歪门邪道的SCI期刊影响因子，匪夷所思的量化考核乃至"末位淘汰"，还有从企业排行到学校年级成绩排名……昏天黑地的数目字游戏竟而玩出了零和博弈的无人之境。

书不书

电子书真的来了。从亚马逊的 Kindle 阅读器到汉王"电纸书",从手机在线阅读到 iPod 下载图书,五花八门的电子文本载体纷纷现身江湖。据悉,谷歌、微软、SONY、三星、LG、Adobe、飞利浦、沃达丰、新闻集团……那些有名的大公司都猛往这儿砸钱,当然还有更多不知名的中小公司也不甘于后。一夜之间,做网站的,做媒体的,做软件的,做电子器件的,乃至移动通信运营商都成了出版人。昨日竞逐风流的出版人哪里去了?移步换影,等而下之,莫非只能充任内容提供商?如果到时候还什么都不是,就只能歇菜。

出大事了!他心头发颤,这事情几乎不敢深想。

技术与资本将彻底改变这个世界。有资深出版家坦诚预言:五年之内电子报纸将成为主流,靠邮局和报摊销售的纸质报纸恐难以为继。图书的变局也顶多不出十年,纸质图书早晚就像线装书那样成了文人的奢侈品，或是收藏家的玩物……电子书的技术优势自不待言，也更符合环保主义的先进理念，必是大势所趋。当然，有人不相信纸面印刷物会这样轻易退场，理由是早先有了电视并未改变人们读书看报的习惯，而现在遍地普及的互联网也没有把电视给灭了。一切新老传播手段似乎尚可和衷共济，咸与维新。这当然好，但是这回的情形恐怕并非如此。市场搏杀已透出你死我活的气息，资本以重锤出手，技术更以迅雷不及掩耳之势抢班夺权。不妨看看这些年通信手段的变革，实在不难想象一种兴亡之局——手机兴起，电报业就废了；电子邮件大行其道，手写书信几成绝响……

他知道，改变阅读习惯并不很难，其实最早的书籍并非纸张印刷。其实，年轻的一代似乎更习惯于屏幕而非纸面。而更年轻的一代，巴不得从沉重的书包中解放出来——当所有的教科书和教辅读物都塞进一个小小的阅读器中，你不难想象围绕着学校教育的一系列产业将发生何等变化。不言而喻，现在是存储与显示技术决定着未来走向。一个掌上的小玩意儿能有几十万种图书的储量，这事情想想就很诱人。

这些年来，电子存储介质一直沿着"更快更高更强"的方向飞速发展，势头之猛也让奥林匹亚诸神大跌眼镜。眼下市售 U 盘最大容量已有 128GB 之多。去年有报道，柏林科技大学一个研究所的科学家们宣布，他们已经找到能在一张 DVD 光盘上存储 500GB 数据的技术。想来不出几年，一个拇指盖大小的闪存就有成千上万个 GB 的海量，一台服务器装入国家图书馆的全部收藏还绰绰有余，甚至可能人类有史以来创造的所有文字和图片都可塞进某个有限的物体。储存、记忆、占有，这些不同的字眼意味着人们千百年来萦绕于怀的同一个心结，有时干脆是互相缠绕的同一概念。知识占有永远是人类的一个梦想，将浩瀚之海浓缩为一滴水珠的努力永远不会终止。

鼎革之际必是一番大洗牌，以后不再有传统的书店和书报亭了，也不再有人山人海的书市和书展，众多造纸厂和印刷厂轰然倒闭，若干古老的职业和技术都将被淘汰……想想真是残酷无比。有人迎风飙泪，有人就地撒尿。虞卿坎坷，韩非孤愤，无数蚤吟古砖缝。把阑干拍遍，城管不应。在老派读书人看来，也许更要命的是书没有书的感觉了，想起孔子"觚不觚"的浩叹，直教人捶胸顿足，吐血一吼：书不书，书哉！书哉！

轮回之局

历史上从共和走向专制的政体变革不乏其例，古代罗马就有过这样的故事，法国一八四八年革命以后的情形同样如此。不妨读读托克维尔关于一八四八年革命的回忆录，从那个动荡时代诸多诡异而有趣的细节中，几乎可以看到一种轮回之局——追求自由的狂乱脚步终将指向强权政治的历史迷踪。也许，这就是历史必须付出的救赎的代价。现在有学者提示人们注意托克维尔的一个说法，即警惕大人物们"各种伟大而不协调的思想"，因为人类社会的种种灾难大抵缘此而生。

在某些时刻，秩序不啻是导入专制的密钥。法国大革命之后，大肆诅咒共和制的约瑟夫·德·迈斯特先生便从一片混乱中得出这样一个结论：所有的社会秩序都须依靠刽子手！基于对自由、平等的恐惧与仇视，他在《论法国》一书中预言法兰西共和国不可能维持长久，他是这样说的："你见过一个政体，尤其是一部自由宪法，无视其成员的态度，未经其成员的同意，就开始运作、付诸实施的吗？然而，正是所谓法兰西共和国这个昙花一现的东西，向我们展示了这种奇怪现象，它怎能维持长久呢？"看上去迈斯特这里是在谴责革命党不够民主，其实他是说根本就不需要什么天赋人权、国民意志那类玩意儿，用一堆空言大话规划的理性制度必将在混乱中土崩瓦解。迈斯特向来从经验层面研究一切历史事件，深信只有权力威慑才能凝聚社会。

以赛亚·伯林告诫人们，切勿将迈斯特简单地视为旧时代的卫道士，他在英文版《论法国》一书导言中指出，迈斯特的冷酷与世故之中恰恰包含着许多现代社会的政治认知。他评价说："迈斯特的贡献是，他为十八世纪那些过于烂漫、过于乐观、过于肤浅的社会信条，提供了一剂烈性解毒药。"现在，人们愈来愈明白伯林申述的那个道理：自由需要批评者，一如它需要支持者。

事实上，迈斯特憎恨的那类善于煽情的乐观派改革家至今依然主宰着这个世界。迈斯特把人的天性理解为迷信与服从，认为需要一种永恒的非理性的玄秘因素去主宰人类。可是他忽略了事实的一个重要方面，人性本身就有乐观、求善、追求自由的动因。如果说这正是人们容易被口号言辞所忽悠的原因，那么历史就无法避免那个西西弗斯的神话了。

河渠之梦

近年长江水位持续走低，尽管去岁春夏之交洪涝频生，入秋后沿江许多区段仍然出现一百多年来最低水位。现在几近干涸的鄱阳湖成了媒体关注焦点，洞庭湖也同样困境凸显。而与此同时，南水北调工程形势大好，年初即闻北京西四环暗涵工程告捷。国务院南水北调办公室张基尧主任回顾二〇〇七年施工情况，欣喜地报告说："东线一期工程三阳河潼河宝应站工程和济平干渠工程已完工并发挥作用，东线穿黄工程已经开工，苏鲁边界泵站群已全面建设，中线一期控制性关键工程丹江口大坝加高、穿黄工程、中线河南安阳段工程进展顺利，作为向北京应急供水的中线京石段工程已进入倒计时……"

许多年以后，南水北调的宏大叙事或将进入"世界文化遗产"的光荣名录，因为它让人想起同样延袤南北的另一条水道——京杭大运河，而其东线工程又须借助运河河道调水，二者就像是时光叠影中的并蒂奇葩。大运河的"申遗"正急遽升温（有人预计是"一申一个准"），治污、浚壅、葺堤、补决……自然更须加上房地产开发，沿线各地都不会放过大拆大建的机会。现在的官员们真是太有文化了，旧日尘暝的画梁髹漆又新，彩绘窗棂里留映几百年的柴门篱院。千里河渠，长沟流月，今宵再将权力与财富的梦想带入躁动不安的同一个世界。

　　从前读明人万恭《治水筌蹄》，见"闸河无源"之说，不由心惊。"闸河"就是山东境内运河，旧时亦称会通河。其谓"黄河之水每患其太盈，闸河之水每患其太缩"，乃影响当时漕运两大难题，而运河本身说到底是缺水。元代粮饷之所以转以海运，便是河道淤断之碍，梗阻尤在地势高耸的济宁至南旺一段。永乐初，工部尚书宋礼开复漕道，用汶上老人白英之策引汶水分注南北，留下一段治漕佳话。当时重启漕运意义非比寻常，北京正建宫殿，

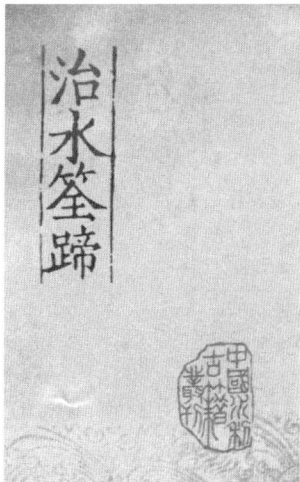

《治水筌蹄》

要采运南方大木、太湖奇石、苏州金砖……皇帝和官员们的同一个梦想都押在这条黄金水道上。朝廷北迁之后，运河更是国家命脉——其实那叫命若悬丝，不用等后来李自成折腾十几年，白莲教唐赛儿那帮狠人要是先把漕渠卡住，大明王朝早就玩完。成化二十三年，丘濬进《大学衍义补》，请寻海运与河漕并行（《明史·河渠四》），想必亦是思患预防之计。

隆庆六年，黄河决口，运道大阻，朝廷命兵部右侍郎万恭"总理河道"，于是中国历史上又多了一位懂得筑堤置闸、束水攻沙的官员。这万侍郎说不上是什么水利专家，可是下去一看也明白了，黄河汛期不过数日，洪泛退去几百里漕河依然缺水。这时候想到当年宋尚书"相地置闸，以时蓄泄"之措，不能不叹服前辈用意。既然"闸河无源"，只恃涓涓泉流接济，治漕之策必是"惜水之道"。他在书里写道："理闸如理财，惜水如惜金。"总结前人疏浚河床深不过四尺宽不过四丈的经验，制定一系列调控流量和航运管理的规章制度，为一个"水"字绞尽脑汁。

《明史》有载，宋礼刚毅正直，"卒之日，家无余财"。万恭"一时称才臣"，竟被"劾其不职"而罢归。当年治水人去后，又是一段流沙淤填的岁月，没有人会想到后来清代河厅那些花天酒地的事儿。稼轩词曰："英雄千古，荒草没残碑。"

太史公的老故事

《论语》、《庄子》已成职场励志读物，和谐社会的文化时尚自是愈趋古雅。他揣想，接下来该轮到《史记》露脸了。《史记》本是发愤之作，鲁迅谓之"发于情，肆于心"，言语记事深具煽情忽悠之意，书里跟励志有关的篇章简直比比皆是。张良圯上纳履，韩信胯下受辱，可谓大丈夫能屈能伸；至于刘邦泽中斩蛇，陈胜叹息"燕雀安知鸿鹄之志哉"，则是一番宏大叙事的开篇序曲。秦汉之际，天地翻覆，当日叱咤风云的人物大多起于陇亩草根。如，樊哙早年以屠狗为事，英布是小混混出身，灌婴做过丝绸贩子，周勃初以织苇席为生（人家做丧事他也去吹吹打打），郦食其因"家贫落魄"在闾里做保安，陈平更是穷得几乎讨不上老婆……汉初"布衣将相"之局的确大可激励人心，成大事者不必羡慕人家的"富爸爸"，倒是自家"穷爸爸"留下的穷底儿管用。

《史记》

司马迁

《史记》

穷则思变，草泽竞奋。太史公的老故事里不讲维稳，不讲可持续发展。从亡命无赖之徒到王公巨腕儿的发迹之道，这能让人想起什么呢？他想起，有人说要杀出一条血路什么的。

兴亡更替，资产重组，谁知道谁动了谁的奶酪。"究天人之际，通古今之变"，《史记》拿一个"变"字说事儿，终究给人留下广阔的想象空间。也许是人生宦旅中的命乖运蹇，也许是早年游历人间颇知民生疾苦，司马迁撰史多少带有一种跟主流文化拧着来的逆反色彩，他有一种拂之不去的江湖心结，对草根社会自有特别关注。如《项羽本纪》称"楚虽三户，亡秦必楚"，《陈涉世家》谓"王侯将相宁有种乎"，《鲁仲连邹阳列传》曰"在布衣之位，荡然肆志，不诎于诸侯，谈说于当世，折卿相之权"。变革上层建筑的力量原本起于民间，小人物也能撬动历史杠杆。通观《史记》七十篇列传，不光是庙堂上一班文武重臣，更有策士、刺客、游侠乃至星相医卜、贩夫走卒，司马迁书里几乎囊括了三教九流各色人等。

处于风云际会的变动时刻，他们各有自己的位置。

《史记》一再彰扬"任侠"和"养士"，亦是赢在"执行力"的范例。如孟尝君、平原君和信陵君诸传，都将治世御侮之道附着于某种超凡人格，几位君侯公子都不按体制内的规程行事，都有不耻下交、接纳岩穴隐者之风。他们不受羁束的特殊身份似乎代入了王权格局下的自由空间。如信陵君窃符救赵的故事历来脍炙人口，其贤能下士，实在也是对"有国"庸君的贬损。在读者眼里如此近乎完人的性格，实际上极具"离经叛道"的破坏力——破坏了既定的游戏规则。所以，到了东汉就有人看出《史记》的问题来了，《汉书·司马迁传》称"其是非颇缪于圣人"，而《后汉书·蔡邕传》则引献帝辅臣王允的话斥为"谤书"。关键在于，司马迁以修史的话语权力于官方政治之外寻找用世之途，试图将圣人之道纳于江湖规则，这种政治理想开启了读书人的想入非非，对后世产生了深远影响。

可奇怪的是，千百年来《史记》从未作为谤书被查禁。清平之世用以烹制"心灵鸡汤"总是百味俱全，好歹读书人早已淡出江湖语境。

时间·迷宫

　　老戴走了，谁都没想到这么快就走了。徐家汇路上依然车水马龙，一路流泻的灯光映出行色匆匆的路人。噩耗传来的第一时间是愕然，还来不及悲伤，来不及思量心中的缺失，那一刻的窒息只是一片静默。病魔无情，天妒英才。他在想，老戴撒手人寰之际一定还在时间的迷宫里久久徘徊，四周都是书的建筑，文字和图片的城堡……早年的知青岁月、军旅生涯已是那么遥远，星辰不眠的夜晚找不到箫声呜咽的幽径，却寻回了被人忘却的挽歌。在年轻人的记忆中，前辈的范儿好像是某种意象传达，一种卡夫卡式的幽默，或是那个"在痛苦中将痛苦客观化"的命题。有人跟他说起老戴的若干逸事，这持重的长者居然也很"潮"，也会像小青年那样用手机阅读小说。不是 iPhone，只是老派人用的旧款手机。听说他病中还在写作，最后还留下一个未完成的城堡。

　　耕耘者的故事多半不为人知。带着坚毅与挚爱，静穆的守望伴随无言的独白。斯人已去，一切都成了昨日的叙事。从荒野中豁出的犁沟书写着丰饶的寓言，有如晨梦中的绵绵絮语。思幽人而轸念，望东皋而长想。想起古代辞赋家的伤感词句，他心中无比怅然。

　　为什么事情总要从头再来？春夏秋冬，周而复始。他不禁想，宇宙的法则沿循着一种"圆"的轨迹，从时间刻度到地球与天体……可是人性国民性大体偏向"方"的秩序，房间、门窗和家具，街区和田亩（他想起古代的井田制），生活的基本面勾勒出那些矩形框架。方枘圆凿，恰好印证了一种悲观的宿命，淅淅沥沥的雨声送来令人不安的低吟，理性与非理性的焦虑，酝酿着新一轮危机。梦中的游廊仿佛是毕达哥拉斯轮回，可是击鼓传花的催命游戏仍未停息，都在等待无声无息的那个瞬间，于无声处……

　　天际寥廓的荒原上，举目四望，一片混沌。在梦里，他驱车数千公里，远离尘嚣，来到一个没有形廓的地方。

　　他读到这样一个故事：在伊朗的一个荒无人烟的地方有一座不是很高、无门也无窗的石塔，在那唯一的（泥土地面的圆形的）禅房里有一张木头桌子和一个板凳，在那间圆形禅房里有一个样子像我的人在用一种我不懂的文字写着一首长诗说一个人在另一间圆形禅房里写着一首诗说一个人在另一间圆形禅房里……就这样没完没了地延续下去，谁也读不到被囚禁的人们写下的东西。

这是博尔赫斯的散文诗《一个梦》。他很小就知道这个故事的中文版，说法更简单——古时候有座山，山上有个庙，庙里有个老和尚，老和尚对小和尚说：古时候有座山，山上有个庙，庙里有个老和尚，老和尚对小和尚说……故事嵌入了元故事的叙述层，形成周而复始的自我复制。内容无所谓，叙述本身就是一切。叙述将叙述者变成了被叙述者，难免让人惴惴不安，就像革命，革革命，革革革命，革革……不断将革命者变成被革命者。

帝国谜团

闭上眼睛，一片片落叶朝天空飞去……

伏案写作的托克维尔伸一下懒腰，发觉游廊下的风声倏然停歇，又凝神细听一下，他接着写道："巴黎越来越成为法兰西的唯一导师，它已把所有的人变成了一个模样，赋予了相同的行为举止……正是独夫制度，天长日久，使人们彼此相似，却对彼此的命运互不关心。"他不惮其烦地论述中央集权制在法国的由来，以及它带来的必然结果。他认为那是旧制度的产物而不是像人们所说是大革命和法兰西帝国的成就。然而，就像在夜幕里看到了微暗的火光，他从奴役中发现自由的精灵。他要告诉人们，即便在中央集权制使一切都变得同质化的黑暗时代，自由的天性仍在某种范围内滋生和发酵。钟声打破林间的静谧，积满尘垢的窗棂透出熹微的晨光。接下去，他要探讨改革的诉求怎样转化为一场轰轰烈烈而玉石俱焚的大革命，当

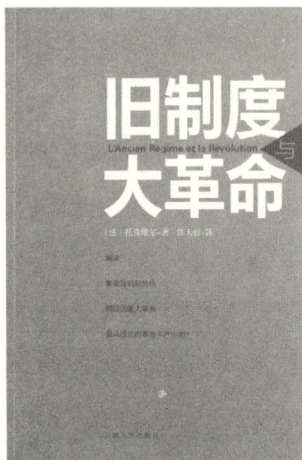

《旧制度与大革命》

然一切仍须从旧制度说起。他写的这本书名字就叫《旧制度与大革命》。

这部讨论一七八九年大革命的著作已在托克维尔心里酝酿多时，好像有四五年了。那年在索伦托，他在山间小道上踯躅来往，徜徉于理性与激情之间，思忖着帝国的种种谜团。旧制度衰亡后的六十年间何以一再出现比王权时代更为完备的专制政权，大革命的节日广场上是否依然闪烁着旧时代的灯火？他没有死死咬住波拿巴的帝国，也许出于策略上的考虑，也许他早已看到历史的真相。从魁奈到摩莱里，从重农学派到空想社会主义者，甚至包括伏尔泰和百科全书派学者，十八世纪思想家们都指望借助权力运作推行制度改革，结果拟想中那种庞大的社会权力终于在大革命中横空出世——"它不再叫国王，而叫国家"，它撇开了上帝和传统，经历了革命与复辟。密涅瓦的猫头鹰终于在暮色中开始飞翔。

其实改革早已开始。那是一段曾被遮蔽的历史，在一七八九年之前的十年间，法国上流社会谈论得最多的就是民生疾苦。托克维尔的书里讲道，那时候"他们不断地谈论农民，研究用什么方法能救济农民，揭露使农民受苦的主要流弊，谴责特别危害农民的财政法规"，从贵族沙龙到各省议会都在激辩三农问题。知识精英们高谈阔论时农民并不在场，可是有朝一日那些启示性的话语总要带进庄户人家，而有朝一日"人们的想象力预先就沉浸在即将来临的闻所未闻的幸福之中"。所以，托克维尔发人深省地设问：路易十六统治时期是旧君主制最繁荣的时期，何以繁荣反而加速了大革命的到来？由于政府总是不断地激发民众发财致富的热情，且又不断地掐灭人们心中点燃的欲火，以至后来路易十六竟让自己颁布的亲民惠民政策弄得民怨沸腾。如果说，从前人们对未来无所期望，那么现在人们对未来已是无所畏惧。老百姓不再局限于要求政府进行改良，他们要亲自动手了……作者从变革的瞬间打探到惊人的历史消息，"对于一个坏政府来说，最危险的时刻通常就是它开始改革的时刻"。

替穷人说话是一回事，而悲天悯人的精英们依然对穷人极端蔑视。托克维尔不由想起伏尔泰的情妇夏莱特夫人毫不在乎地在仆人面前更衣的逸事……因为，她从不认为仆人也是人。

戊集　你是谁

面试者

　　他最后面试的那家公司最牛，堪比五星级的写字楼处处让人眼晕，听说二十五层以上全是他们的。坐在前台的居然不是MM，是一帅哥。按照那帅哥的指点，他在迷宫般的楼面拐来拐去，终于找到人力资源部的会议室。进去发现那是一个套间，外边沿桌坐了一圈应试者，二男五女。面试在里边的玻璃隔间，玻璃墙中间的磨砂部分正好遮住视线，只能看见下肢和椅腿。他踮着脚跳一下，越过磨砂玻璃瞥见里边一溜排开五个面试官。

　　一直等到快下班。二男五女一个个被叫进去，又一个个绷着脸出来，现在还有一个在里面被虐。那是一个男生，回答问题的嗓门很大，在大谈什么"囚徒困境"、"非零和博弈"什么的。他心想，求职不是考研，你跟他们扯这些有用吗？昨天有个学妹提醒他，进去打招呼用Hello，别甩出Hi的腔儿，据说其中微妙的差别会给主试者留下某种第一印象。可是等他进去时，只是一个劲儿地朝人家傻笑，根本就忘了说什么。

他还没看清五个面试官的面孔，灯光遽然变暗，投影机在墙上打出了一段视频。好像是一部好莱坞影片中的镜头。寒风瑟瑟，身着风衣的男子踯躅街头。手机响了，那人接起电话。"是我，休伯特。""我知道你是休伯特。""你是谁？""我是谁并不重要，重要的是我手上有你要的东西……"这几句英文对话很简单，当然难不倒他。不会是让我说出这是哪部电影里的台词吧？他想，几乎所有的警匪片都有这一出。（真他妈的经典！）灯亮了，五个中的一个开口问话。你认为，电话里的匿名者与休伯特是一种对称性的对立关系吗？他觉得很难简单地回答是或者不是，不过只是略一迟疑，他选择回答"是"。因为要说"不是"需要梳理出更复杂的因果关系（毕竟休伯特手上也有牌，否则人家找他干吗）。凭他的经验，面试中有些问题根本就是虚晃一枪，纠缠其中很容易露出思路上的破绽。对方继续发问：如果你是休伯特，你会跟对方去接触吗？当然——话已脱口而出，可直觉告诉他应该反过来说——当然不会！五个面试官面面相觑，似乎大感意外。怕什么，为什么不去接触？他觉得自己似乎答对了。那是导演的戏路，我不在戏中，为什么要跟着他走！

搞不懂这算是测试 EQ 还是鉴定思维特征。可他知道这类题目不会有什么标准答案，似乎全凭直觉和运气。灯又暗了，现在换了一段视频。镜头切换到一辆监听车内。头戴耳机的一男一女倏然扔下手里的汉堡，哧啦哧啦的耳机里传来清晰可辨的说话声——"是我，休伯特。""我知道你是休伯特。""你是谁？""我是谁并不重要，重要的是我手上有你要的东西……"这又多了一层监听的，就像是二次方程变成了三次方程。五个中还是那人发问：现在是休伯特、匿名者和监听者三方博弈，你认为主动权在谁手里？对方给他一分钟时间思考。他转过手腕，看看液晶表上不断变化的秒数。他分明意识到应该押休伯特，因为休伯特那张牌还没有亮出，躲在暗处匿名者和监听者早晚都会被他牵出来。一分钟过了，两分钟过了。对方很有耐心，大概五分钟都过了，仍在等他回答，他却抿着嘴唇一言不发。

一个声音告诉他：这三方互掐绝非零和游戏，你无论如何不能落入休伯特的境地。

桥下的歌手

那哥们儿还在桥下，歪着脑袋拨弄吉他，一字一顿地唱，我跟你说，这日子没法过……他以为他是当年的崔健，当仁不让将二十一世纪人世悲苦写到了脸上——倒是比老崔长得酷，眼更小，嘴唇更厚。乱蓬蓬的头发上挂着一绺小辫。可惜没有精英人士来给他捧场，就连骑车过往的人们也很少驻足观赏，这是靠近城郊的一处立交桥。过来一个眉心长痣的 MM，问，咋不撂在市中心？这地儿可要不到钱。俺是自娱自乐，摇滚歌手说，你要给钱也行，没有钱没有女人没有快活，走错了一步总是一错再错！又来一个拾荒的老头，问，要自行车吗？八成新锰钢变速，你给五十就成。摇滚歌手闭眼唱道，不用问不用瞎猜不用琢磨，烦心的事儿就是越来越多！

巨大的水泥桥墩上用石灰水涂了一个⟨拆⟩字，满中国都是这字符，可是这立交桥看着还挺新哩，难道要拆了重建？或许他也想，这里边肯定另有故事。桥墩上还贴了一大堆小广告，还有办证的手机号，还有一行行粉笔字：我们的行动有自己的轨迹／那轨迹却不知所终／我杀死自己的国王／好让莎士比亚演绎成戏剧……挺不错的诗句。是他写的吗？

歌手不唱的时候就在那儿看书，他可不管别人在看他。破烂的背囊里几乎全是书。他在读《罗马盛衰原因论》。朗朗出声地念道："罗马的兴起赖以一种难以置信的好运气，它总是在征服了一个民族之后，另一个民族才跟它开战。而罗马之毁灭是因为所有的民族同时在向它进攻……"他对神情错愕的拾荒老汉说，老孟那丫真是精辟！这便谈起西庇阿和汉尼拔，谈起第二次布匿战争。马基雅维里说西庇阿太仁慈了，所以他的军队在西班牙惹出那些乱子，老马的意思是官家老大也跟黑社会老大一样，让人畏惧要比受人爱戴更重要。拾荒老汉问，你读了那么多书怎么才混成盲流？歌手抚弄着琴弦，忽然吼天吼地地唱，我跟你说……其实说了也白说，一百年的蹉跎，几辈子修不成正果！

监控中心的电子幕墙前，值班员起身往手心里收拾桌上嗑剩的瓜子皮，这是个眉心带痣的中年妇女，脸上早已褪去天真和忧伤。轻曼地哼哼着，我跟你说，这日子没法过……

奇怪的电话

他接到一个奇怪的电话。对方没说自己是干吗的，一上来先问他是否记得一个叫埃里克·伦罗特的外国人。他愣了一下，觉得这名字好像有点印象，却想不起那是什么人，在哪儿见过。他倒是认识几个老外，这一二十年来，在各种场合见过不少洋鬼子，朋友或是朋友的朋友介绍的，在饭局上交换过名片……哦，有点想起来了，是不是一脸大胡子？他故意这么说，等待对方吐露更多信息。请问您是……对方自称是埃里克的朋友，说埃里克有一样东西要转交给他。刚说到这儿电话就断了。不像是故意挂断的，可是这家伙再也没来电话，事情就这样不明不白地过去了。

他心里隐隐有一种不安的感觉。细想之下，那个电话是有些蹊跷。过后再想，电话里好像不是那回事儿。怎么会说到埃里克来着？记忆靠得住吗？有时候记忆跟想象就是一对

《博尔赫斯全集·小说卷》

孪生兄弟。过了一个多月，又来了一个奇怪的电话，这回竟是埃里克·伦罗特本人。不记得了？不记得我这个大胡子了？是老外说中文的怪腔，带点夸张的卷舌音。他还是没忘记一个月前那个电话，便问那人怎么就没信儿了，可埃里克否认托人给他打过电话。真是诡异，说到埃里克，这家伙果真就来了。埃里克昨天刚从布宜诺斯艾利斯飞来，电话里约他去酒店见面，说是有重要事情……

布宜诺斯艾利斯？他突然想起博尔赫斯的一篇小说《死亡与指南针》，埃里克·伦罗特就是那里边的主人公嘛，一个擅长推理的私家侦探。他扔下电话，急忙从书柜里找出《博尔赫斯全集》小说卷，飞快地翻到那篇小说。在结尾处，夏拉赫扣下扳机前，对伦罗特这样说："下次我再杀你时，我给你安排那种迷宫，那种只有一条线的、无形的、永不停顿的迷宫。"他看到这两行文字下边用红笔画了杠杠，肯定是他自己画的，书页空白处还有自己写的几行字：伦罗特死了吗？要没死，这自作聪明的侦探是否也将给夏拉赫摆一道呢？

他一厢情愿地认为，埃里克·伦罗特还活着，一直在时间和空间的迷宫里转悠。一切的一切，历史和现实，存在与想象，在许多学者看来都可重新建构。他想起乔治·奥威尔一个吊诡的说法："谁掌握了历史就掌握了未来，谁掌握了现在就掌握了历史。"

生意人

他乘自动扶梯上来时，瞧见阿 G 在另一条扶梯上徐徐下行，隔着老远打个招呼，可阿 G 却装不认识。侧身而过，两人却都回头看。听说这小子在给某个大佬跑腿，诡异得很。十年前的老同学如今是鱼虾各道，都变得神神叨叨的。那回在美术馆门口撞上二班快姐，那枪榴弹见人就开火——怎么又是你？我跟你说过我这儿只剩一个名额还是 VIP 的要不要随你……这叫什么事儿，当初有事没事总往他们宿舍钻，这就不认识了？他觉得这世界有点乱套，人生的故事说掐就给你掐了，旁生枝节地另扯一道。咖啡凉了，他才端起来啜一口。现在栗树咖啡馆里亦颇诡异，尽是一些夹着招文袋的人进进出出，敞怀的西装里露着爱马仕裤腰带。房子、期货、字画古玩……动产不动产中介都煞有介事踅来踅去。现在拿铁还是拿铁，胜利牌杜松子酒换作维新公司的低度伏特加，

柜台侧面墙上有一幅炫目的广告招贴。老树新花，百年维新。广告词没多大创意。现在都找机会妆扮自己，微博上三天两头有说法，要不就是谁谁摊上大事了。

好半天那赤发鬼刘某总算来了，却说这地儿不能待，将他拽到两条街之外的寨中寨酒楼。两人进了包间，姓刘的说这回晁总拿主意了，两个月内无论如何把他老婆孩子送走，一边将材料和一张银行卡塞到他手里。时间抠太紧，这事儿难度不小，可这事儿怎么也不能砸在自己手里。接下去就扯闲篇了。这十年来国进民退，别人都弄得没退路，他这留学移民倒越做越火，人家还真羡慕不已。觥筹交错之际，他不知怎么说漏嘴了，竟透露一个商业秘密：民企要做大，诀窍是借负面效应逆市而动……这话怎讲？刘某一听来兴趣了。你瞧，现在民企就是两样做得好，一个是做饮用水的（做出中国首富），它靠的是水资源污染效应，许多地方瓶装水成了居家必备；一个是做网购的电商（未来首富准是这一行），靠的是经济衰退效应，因为谁都知道网购省钱。这叫烂处有财路，懂么？一席话让赤发鬼佩服得五体投地。他伸筷子去夹鱼，蒸过头的东星斑都散架了。老外以为中国就像一条捺不起来的鱼，其实他们是不懂。舌尖上的中国意象万端，你得细细品味。

他别了刘某，乘着月色满街，信步自回下处来。今儿却未见阎婆儿赶上来扯拽。这老虔婆呢？电梯口屏幕上还在说钓鱼岛。他想起网上一帖子，忍不住笑。本·拉登生前曾说China是唯一不能惹的国家。基地曾先后派遣五名恐怖分子来华搞破坏，竟未搞出什么动静。一人炸立交桥，转晕；一人炸公交，没挤上车；一人炸超市，TNT被盗；一人炸火车，没买到票；最后一人总算炸了矿井，死伤上百，新闻报道却称矿难——这事儿早就司空见惯。丫潜返基地后被处决，罪名是谎报战功。他憋住笑，心想中国的立交不把你老帽转晕才怪。

多　妮

多年后他再回到那儿，高埠码头完全不是从前的样子了，空气中弥漫着一股柴油味儿，江岸鳞次栉比的老房子成了一片瓦砾场。推土机抹去了记忆中的小镇风情，那些竹园和菜畦，那些煤渣砖垒砌的花坛，那些鸡冠花和夹竹桃……都上哪儿去了？当初的细节一个个在他脑子里闪回。多妮坐在青石门阶上朝他做着怪脸，房东三岁的女儿迈着蹒跚的步子走来，身后跟着一只趾高气扬的大公鸡……

人生的老故事总是留下了许多空白，还有一堆永远解不开的乱码。那时候他们怎么会跑到这地方来，现在想来几乎有一种失忆的感觉。不是失忆，而是记忆被一再改写。他想起，自己躺在那间昏暗的诊室里，背上像刺猬似的扎满了针。在驳船上漂流的那些日子里，他们嚼着生番薯还在争论不休。那位老中医还真是神奇，他的脊髓炎（就是中医称作"痿症"

的）还真给治好了。那时候没有照相机，辗转各处没有留下一点可资回忆的东西，自然留下了许多想象的空间。许多场景都叠在一起，一帧帧剥离开来很费劲。脑子里总是在重新洗牌。有一回多妮开玩笑说是"私奔"来着。是吗？这又想起红拂夜奔的故事。想起温斯顿与朱莉亚。想起一部叫《午夜狂奔》的电影。罗伯特·德尼罗甩动一下腕表拿到耳边去听那个动作实在是绝。如今多妮在科罗拉多的大山里养鸡，半夜三更会打来越洋电话，告诉他麋鹿又在她家后院啃玉米。

柏克的《法国革命论》就是那时候读的，是英文版。那时多妮英文不好，只能听他念，听他解释。书中有一个警示性论点：当自由成为一种权力（不是权利）的时候，先要看一看这种权力会怎样被运用……多妮偏说是一个伪问题，彼此吵得不可开交。问题是，当权力成为一种自由的时候，你又该怎么说？多妮的辩术让人难以招架。她硬说柏克那家伙有心理问题。其实人家并不是什么保守派，他在书上画出两行字，逐字逐句地讲给她听——"一个国家找不到某种变革之途，也就没有保全它自身的办法。"

前天他又去了栗树咖啡馆。送别多妮那天，她就坐在对面沙发上。那是哪一年？闭上眼睛，恍惚又听到她在那儿嚷嚷：当权力成为一种自由的时候，你又该怎么说？

风声风语

电视剧里，二三十年代的舞池音乐总是四十年代的曲目，譬如陈歌辛的《夜上海》、《玫瑰玫瑰我爱你》之类。这也算是有趣的"穿帮"镜头，多少有些时光倒流的感觉。女人到了鬓丝憔悴的时候，梦里总会邂逅早年的风花雪月。记忆中没有雍容闲雅的时节，昨夜西风凋碧树，一地鸡毛，风声送风语。那租界场景拐个弯就是横店的河埠头，她想到，接下来便是地下党在田塍上传递情报，画面切入油菜花盛开的空镜头……南辕北辙的置景妙不可言，简直就是爱丽丝漫游仙境的妙趣。故事编得好坏不重要，重要的是怎么验证自己的身份。当然台词要有腔调，要能甩出包袱，说穿了中国人就是小品和段子的口味。扮成三轮车夫的军统特务在弄堂口蹲守，手里玩着 iPad，乔布斯的粉丝们如今都穿高领套衫。最逗的是日本鬼子也自称"鬼子"，那日军少佐口口声声"我们日本鬼子最讲信誉"。这话听着有点新鲜。时空穿梭，角色倒错，现实主义的怪诞剧绝非卡夫卡和布莱希特的老调调，那是基于某种创造性误读，再羼入厚黑学和阴谋论，好歹黑白两道一并摆平。说到底，一百年的叙事离不开打打杀杀的主旋律，你死我活的背后却是真真假假的游戏人生。

风声风语中，突然间自己也成了一个地下工作者。一个暗度陈仓的故事，演绎着天衣无缝的另类体验。她在星巴克与线人接头，用便携电脑传送加密文件。门外传来吉他的乐声，有人扯着嗓子唱着。密密麻麻的高楼大厦/找不到我的家/在人来人往的拥挤街道/浪迹天涯……那衣衫褴褛的乞丐显然是雷子，早上乘坐十号线过来时，那人就在地铁口卖唱。看来人家早盯上她了。在这隐蔽战线上，没有什么事情是不可能的。高铁车厢里网络信号还凑合。翻墙上 twitter，没门。有个问题她一直在琢磨，倘若网络被关闭，移动通信也完全中断的情况下，怎么能把情报送出去？她想起博尔赫斯《小径交叉的花园》里的奇招，就是借助大众媒体，用最公开的方式传输最隐蔽的信息。那德国间谍（居然是个中国人）一边逃避追捕，一边搞了一桩凶杀案，因为选定的对象是一个叫阿伯特的学者，德军情报部门根据报纸刊出的凶手和死者名字就分析出英军炮兵阵地设在阿伯特。不知现在是

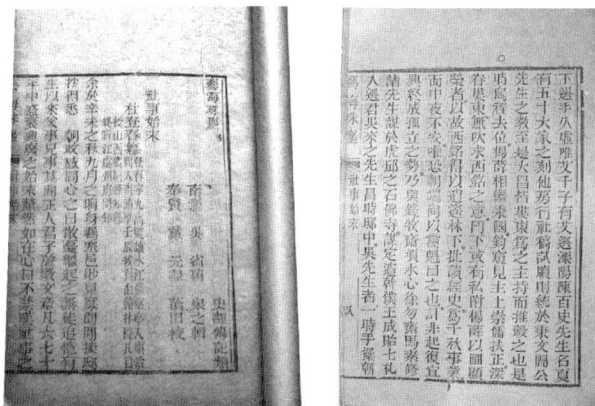

《社事始末》

否还有人使用莫尔斯电码，她学过那玩意儿，好像一直没用上。其实，越是古老的手法越是管用。早年看过清初杜登春的《社事始末》，书里记述明末复社采用的一种叫做"蓑衣裱"的通信方式，那真是令人叫绝。崇祯十三年，内阁首辅出缺，远在苏州的复社大本营决定让京中同党推动周延儒起复，派人往北京密送文件。事先让信使将七个文件熟记于心，再逐字剪碎藏在破棉絮里，送信人抵京后根据记忆将原件拼复裱出。尽管其时京城暗探密布，大小官邸皆在厂卫监视之中，复社的谍报手法终究魔高一丈。

她看看四周没人才走过去。可是那台 ATM 机好像有问题，输入了两次密码都被拒绝，她警觉地回身张望，似乎没有什么可疑之处。花坛前边两个玩滑板的小女孩手拉手转着圈儿。她再次输入自己的密码，突然响起莫扎特的室内乐，屏幕上快速拉出一行行字符，机器哗啦哗啦地响，打开出钞口，飞出一串串蟑螂……

行动者

　　黑外套，黑线帽，斜背一个"无印良品"黑色运动包……他决定以这副装束回到记忆中去，返回黑客帝国的美学矩阵。圣马洛的犹太人大街阒静无人，这当儿临街的某个窗口有人在帘子后边窥视，或许一把带瞄准器的狙击步枪正对准自己。他沿街徜徉，一边想象着夏多布里昂被人描述为"忧郁"的神态。他是乘坐四轮马车去巴黎的吗？

　　艾柯教授设想过一种"完美犯罪"的操作规程，其中包括将尸体肢解塞进皮箱，搭乘火车去巴黎抛尸的诸多细节。艾柯教授住在米兰，那时候去巴黎还要查验护照和填写海关申报单什么的，如今都免去了那些烦琐的过境手续。这傻瓜教授还很有把握地告诉读者，在头等车厢里绝不会惹起怀疑。是吗？这说法可太不负责任了。那是上个世纪八十年代的老黄历，本·拉登在纽约搞大了，后果是所有头等舱和头等车

《墓畔回忆录》

厢的体面人士都免不了灰头土脸的遭遇。这几年全世界生产了数千万台金属探测器和便携式数字成像安检仪（高清三维成像，可放大一千六百倍），你走到哪儿都有眼睛盯着，电子眼里可以清楚看到人家腕上豪雅表的 Logo，瞧你不顺眼你就该有麻烦了。

到了巴黎，艾柯教授的办法是把装尸体的箱子留在桅楼书店门口，自己到双叟咖啡馆里去喝上一杯——不消几分钟，箱子准会被人拎走。巴黎嘛满街都是小偷。可是现在满街都是警察，放下箱子还没来得及转身，警车已断了你的后路，痕量爆炸物检测仪马上派上用处了。夏多布里昂描述过巴黎人攻占巴士底狱的宏大场面，他想起《墓畔回忆录》中那一段，残剩的哥特式台阶上，绅士淑女们跟光着膀子的拆墙工人混在一起，尘土飞扬中欢呼声此起彼伏……此生没见过那种波澜壮阔的场面，也没经历过火光冲天的突发事件，但现实已彻底摆脱意大利佬优雅的搞笑思路。在"镜像"或是"拟像"的世界里，一切都变得格外较真，因为到处飘浮着不断复制的幽灵。

iPod 耳机里歌声震耳欲聋，So you jerk it out, jerk it out……
背着宽大的黑色运动包，他觉得自己很像电影里抢银行的独
行大盗，这包里足以塞进一把折叠式步枪，他能想象拽开拉
链那一瞬间的快感。

刺　客

　　事情发生在蒙得维的亚，时间是一八九七年。在周末的咖啡馆里，博尔赫斯向读者介绍了来路不明的阿雷东多，小个子，瘦削黝黑，二十出头。那是乌拉圭战乱不断的年代，首都的街巷弥漫着阴郁而恐怖气氛，可是谁也没有想到这睡眼惺忪的小伙子竟是一位刺客。他蛰居郊外的老房子里，等待着八月二十五日那天，那是乌拉圭的国庆日。博尔赫斯说过，他并不赞成政治暗杀，可是却饶有兴味地写下了这篇题为《阿韦利诺·阿雷东多》（收入小说集《沙之书》）的故事。阿雷东多尽管有时也光顾咖啡馆和杂货铺，大部分时间还是闲得发慌，博尔赫斯把他等待的过程写得相当细腻。他跟自己下棋，翻阅《圣经》，跟女佣聊天，海阔天空地回想着沟堑纵横的田野和普拉塔河两岸的美景。日历一张张撕去，终于到了他要出手的那天。最后的情形只是寥寥几笔，当总统胡

安·伊迪亚特·博尔达在教堂做完感恩礼拜之后，小伙子上去一枪把他做了。

这故事取自一个真实的历史事件，但整个"等待"过程则出于作家的想象。事后阿雷东多声称行刺乃自己一人所为，并非受人唆使或受命于某个组织。博尔赫斯的引入性叙述恰恰在暗示他背后有人，杀手自称与被刺的总统同属当日执政的红党，似乎是政党内部清理门户而痛下杀手。如果说谋事者另有其人，阿雷东多便只是执行者，这种角色分配让中国读者想到了荆轲一路人物。当然，阿雷东多是某个政党的忠诚战士，而荆轲只是替人消灾的职业杀手，不同之处即在是否具有政治信仰。从《史记·刺客列传》的记载来看，中国的刺客一开始就走了职业化道路，只是这种职业并非纯粹的噉饭之道。作为一种生存方式，当日的刺客乃或游侠与权力格局有着若即若离的关系，他们跟许多读书人一样属于"士"的阶层，注重的是名节、义气与承诺。正如《韩非子·五蠹》所说："其带剑者，聚徒属，立节操，以显其名而犯五官之禁。"

在荆轲的故事里，刺秦行动有一个前提：他要带上秦国叛将樊於期的脑袋去求见秦王。樊将军父母宗族皆为秦王戮殁，听说有人能给他报仇，二话不说便举剑自刭。类似情形

《故事新编》

另有一个悲壮凄厉而不乏谑噱的故事，那就是鲁迅《故事新编》里的《铸剑》。鲁迅的故事原型来自《列异传》、《搜神记》一类志怪小说，与荆轲刺秦没有直接关系，但复仇的模式与前者略同，也是交与别人去执行——眉间尺须将自己的剑和头颅托付来自汶汶乡的黑色人，由对方去完成掣剑刺王的一击。鲁迅写道：

眉间尺取剑从后颈窝向前一削，头颅坠在地面的青苔上，一面将剑交给黑色人。这转手之间犹如一种仪式，一方以脑袋相托，一方以名节担保，信任与承诺就在这一瞬间凸显了人物的侠肝义胆。最后，仇家、刺客与孽主都一锅煮了，三颗落入沸鼎的头颅成了三个不可分辨的头骨，一切终于都扯平了，解构了。然而，复仇者凭什么要事先付出牺牲？这一步已在读者心中留下永久的震颤。

博尔赫斯隐去了行动者背后的一切，只是在《沙之书》的后记里提到，阿雷东多自首后被判一个月单独监禁和五年徒刑，蒙得维的亚现今有一条街道以他的姓氏命名。

午夜暗语

他在电话里说了一句暗语，espoir，最新版的《韦氏大辞典》里没有这个词，我查过了。这是一句约定的验证密钥，如果对方是自己人，应该回答说，我想起了，那是一个法语单词，来自拉丁文。可是 SU37 毫无反应。啊啊，您说什么，您打错了。难道不是他，又没逮着？ SU37 是七人委员会里资格最老的一位，恐怕也是城府最深的。他已经分别拨出六个电话，那六个人谁也没接茬，现在还剩下一个 T50，那是委员会里唯一的女性。不过，他仍然怀疑 SU37 就是组织里称为"大主教"的那个人。他不相信那会是一个女人。

他看了看手边那张纸，上面列出了一串代号：F22、F35、B2、幻影 2000、阵风 M、SU37、T50。这七个人里边，他只跟 B2 见过一面，有过几句寒暄。那是一次非公开的小型会议，B2 在会上待了一整天，居然一言不发。据 Σ 组分析，此公不是自己人，但关键时刻可能会站过来。B2那张圆乎乎的面孔看上去大有深意，和善的笑容里透着某种超然却是果敢的意态。接电话的时候B2嘴里好像含着什么食物，声音含含糊糊的，查过了就好，书上没有那就肯定没有，稀里糊涂搭上腔了，醒过来还是一头雾水，哎，你说什么……什么词儿？他撂下电话，不禁哑然失笑，这些大佬号称日理万机，脑子肯定都不够用。

T50的电话没人接。他连着拨了三遍　他相信自己的电话不可能被追踪，甚至也不大可能被窃听。但是，总觉得窗外意式庭院里埋伏着一堆人，手持魔杖的墨丘利雕像泛射着楼上的灯光，那后边有些影影绰绰的东西在晃动，扑簌簌的月桂、晃悠悠的伞松……眼下的情况很微妙，大有一触即发之势，这节骨眼上该有人出来压砣了。压——那是习惯性的说法，其实没有那么大的分量。他心里很清楚，现在需要的不是登车揽辔的角色，因为车轮已经启动。暗中早已蓄势待发，没准明儿就呼隆隆地驶上街头了。他们只是需要一个标签，一个具有话语影响力的符号。一个起居八座的大人物。

如果T50还不是，他就要考虑自行裁定了。SU37或是B2，二选一。两个F打头的不必考虑，Σ组做过论证，那两个家伙口碑太坏，弄过来反而坏事。他想来想去，幻影和阵风也不靠谱，太老了，镜头前总是显得那么畏畏葸葸。麻烦的是，这会儿他还吃不准目标是谁。不管是谁，到时候也许只能霸王硬上弓了。也就是说必要时很可能要动用挟持手段。有道是挟天子以令诸侯——Embrace the emperor to the nobility of.

电视里，CNN环球报道在讲中国房地产乱局，突然又插入了斯洛文尼亚的广场爆炸案。全世界都乱得不可开交。都什么时候了，还采用那种古老的暗语联络。但是一直有人相信，越是古老的法则越可靠。Γ 组出事前曾讨论过紧急状态下各层面的互动模式，有人根据非直接耦合思路提出一套随机响应的预案。可多数人认为那是扯淡，像电路控制那样处理人的行为模式，怎么可能？

午夜过后，T50 终于接电话了。他没想到对方会这样回答，那个 espoir 嘛，可能是从拉丁语字根 spes 变过来的，您不妨查一下《牛津拉丁语词典》。她念 espoir 竟是纯正的法语发音。这回答让他大吃一惊。有意思，有意思，他连连敲着桌面。语句不对，意思能对上，却又似是而非。他没敢直接往下说，陡然挂断了电话。他想到了最坏的结果……

签　证

　　他俩站在队伍里显得有些异类，一眼望去都是年轻人，活蹦乱跳的男孩女孩，焦躁不安地晃动着手里的雨伞。雨下得不大，但整个城市已是湿漉漉的。湿漉漉的黑树枝上的花瓣，庞德诗句中的意象成了眼前密密匝匝的图案——伞的花瓣，沿着隔离栏拐了几个弯儿，甩到了大厦裙楼的另一端。

　　他小声儿跟她说着话，耐着性子东拉西扯。夫妻俩一起出境，签证官不会以为咱俩有移民倾向吧？老婆不由分说地摇头。什么移民倾向，那是提防留学生的。这当儿身后有人插了一嘴——现在留学生也不会赖在那边了，还是回国好赚钱。队伍里并不尽是年轻人，身后说话的就是跟他们年纪相仿的一对夫妇。

　　那女的说，现在美国不行了，经济趴窝，公司裁人，年轻人找工作也难。你们也办旅游签证？我们是探亲。于是说

起他们在美国的女儿，做到公司中层，今年买了house。那女人捅捅身边的男人，不就是万科翡翠别墅那种？她老伴一直在看报纸，猛一抬头绽开满脸笑纹。现在都是中国人在那边买房子，说到底世界经济还得靠中国。雨停了，老头将雨伞夹在腋下，捏着报纸揩拭鞋帮上的泥渍。

《绕颈之物》

老婆说队伍前边裹花头巾的黑人美女很像阿迪契，他注意到那黑姑娘老是踮脚回头张望。阿迪契？别说，还真的挺像。他想起那位尼日利亚女作家书上的照片，就这样一脸惘然地瞪着眼睛。他读过那本名为《绕颈之物》（*The Thing Around Your Neck*）的小说集，里边有一篇说的就是签证的事儿。女主人公站在拉各斯的美国大使馆外面的队伍里，直愣愣望着前方，慢吞吞地挪动着，腋下夹着一个蓝色塑料文件夹。大约有两百人在使馆外面排队等候，她排在第四十八位……他不知道他俩排在第几位，恐怕四百八十也打不住哈，这儿的美领馆不发号子。记得阿迪契是这样描述的——队伍从美国

大使馆紧闭的大门外延伸过来，一直排过旁边那幢外墙爬满藤蔓的捷克大使馆。她没有搭理那个卖报小贩，那人一边吹着口哨，一边把《卫报》、《新闻报》送到她面前。她没有留意那个乞丐，那人举着搪瓷盘子在旁边走来走去……女主人公心里正烦着，老公一不小心成了人权斗士，她也得跟着亡命天涯。

这儿没有乞丐，没有卖报小贩。跟着队伍晃悠的是自称生意人的体面人士。有代为填写英文表格的，有替航空公司兜售机票的，有代办旧金山或是纽约酒店的，还有人现场辅导怎样正确回答签证官可能提出的各种问题。这是直通美利坚一条龙服务。一条大国崛起的产业链。

他想起，那年在慕尼黑遇到两个在非洲做项目的国企老总，跑到圣母教堂看人家做弥撒还喋喋不休地讨论 Google 的赢利模式。老总甲一进教堂就觉得不对，怎么没有卖香烛供品的？老总乙说，像这样有名的教堂早该打包上市才是。生意人眼里到处都是生意，小说家眼里嬉笑怒骂皆是故事。阿迪契笔下只是中产阶级的噩梦。强权压制下脆弱的中产阶级。此时此刻，他眼皮子底下却是一窝蜂的全民叙事，富人办移民，平民办探亲，穷孩子富孩子都有留学梦，还有要去看大峡谷的，还有城管干部出国考察……他不知道这队伍里是否还有赴美产子的，大洋此岸的美国梦显然更有想象力。

抑或中国人独缺个人叙事？他跟老婆说到过这个话题，老婆说这事儿你们男人不懂。男人怎会懂得黛玉葬花、晴雯撕扇！

怪　事

　　怪事一：对面烂尾楼里怎么有两个窗口亮着灯？那高楼早已封顶，一直没做外立面，也没安窗玻璃。去年还有门卫值班，而今连鬼影都没了。白天他走过那儿，朝歪斜的铁门里瞥了一眼，墙角钢筋垛上都长出了蒿草。现在是凌晨两点，莫非是玩艺术的酷儿搞派对？他没注意灯是什么时候亮的，高楼离他这儿有两百多米远。

　　怪事二：快下车时他才发现脚边有只包（那种不分男女款式的老式提包）。班车兜到他家小区门口就剩他一个人，司机不愿搭理失物招领的事儿，这破包只好让他拎回家了。包里有一沓打印稿，一把电动剃须刀，一支口红，一只满是咖啡渍的塑料杯。打印稿疑似学术论文——大概是草稿，没有页码，次序错乱。整个晚上翻来覆去地看。许多地方看不懂，佛经道藏，密码隐喻，扯得昏天黑地。说到悟空、八戒、沙僧和犯事的玉龙三太子变成的白马，都是戴罪之身……这好像有点意思。他明白了，整一个加里森敢死队。

怪事三：他坐飞机去北京。起飞时身边 K 座没人。空姐过来送饮料，K 座侧身接东西蹭着他了。他睁眼一看，旁边是一金发美女，在跟他说 sorry。女老外要了橙汁，他也要橙汁。他很想问她是从哪儿上来的，可又想这不是火车，她能从哪儿上来呢？女老外捧着一本书，书名是 *The Empty Family*，好像无限凄凉的感觉。

怪事四：他经常接到莫名其妙的电话。譬如，接起来就听女人大嗓门冲他嚷嚷——金主任这两天你跑哪里去了，上次说的事情你想好没有？这世界也太奇妙，言语之间他理所当然成了金主任。他说他不是金主任，那女人理所当然不高兴。叫金主任来接电话！大概是觉得姓金的在躲着她。隔着湿漉漉的玻璃窗望出去，飘飘忽忽的红伞一眨眼就没了。

怪事五：三号航站楼，又见金发美女。依然捧起一本书。全中文的《西游记》。好看吗？他试着跟她搭讪。她会说倍儿棒！中文说得挺溜。这是你们中国人的《埃涅阿斯纪》。她说她读过两遍了。你们中国人的救赎有意思，一路打打杀杀……没错，他说，就像加里森敢死队。女老外眯起眼睛，加里森？敢死队？人家不知道那部美剧，扯也白扯。手机响了，又是找金主任。

怪事六：驶过烂尾楼时他喊司机停下，眼前人山人海的情形让他惊呆了。高音喇叭一遍遍喊叫：请各家各户听从指挥，根据现场人员安排，有序进入本楼……他见几个男人抬冰箱过来，问是怎么回事。人家气喘吁吁地指指小区那边，推土机和铲车已开始作业。手机响了。他吼道，跟你说了没有金主任！没有……电话里是老婆的哭喊，没有你这死鬼才好！高音喇叭在耳边嗡嗡作响……听从指挥……有序进入……

你是谁

　　她拿起那件尖领黑衬衫进了试衣间，镜子里出现一个陌生形象。Qui es-tu？你是谁？嚼着口香糖的嘴巴慢慢停止了咀嚼，鼓凸的下颚骨显出刚毅的线条。她将头发绾成一个髻，左看右看，都像是港片里的女匪首。倘若要做飞车党，发型弄成爆炸状才好。

　　伤感的琴声顺着自动扶梯徐徐下沉，商场里真是安静，一个个音符愣是砸在了大理石地面上。如果这时候响起枪声（如果），她会顺着扶手滑下去，动作片里那套把式耍起来并不难（似乎都练过上百遍了，似乎）。每回听到《教父》主题曲 *Speak softly Love*，胃里总是泛起一股酸味儿。然后就是……密密匝匝的爬山虎遮去了大半个窗子，艾尔·帕西诺走在西西里的崎岖山路上……

　　约了迟爷在高速公路服务区见面，可是他没来。这家伙

《1848年至1850年的法兰西阶级斗争》

永远是那么神秘，没有手机也没 QQ 号，甚至都没有固定电话。排队加油时陡然插进一辆商务车，下来几个衣冠楚楚的官样人士，叽叽呱呱说着大 S 小 S 的什么事儿。一个穿粉色衬衫的中年男子过来敲敲车窗，叫她别用手机。她想起加油站是有这破规矩，不由粲然一笑。杰克电话里不肯透露迟爷的行踪，却一个劲儿催她赶快走账。现在国内国外从上到下都是资金运作。一件真假难辨的康熙粉彩怎么就炒到了七八百万（就算是真品），那些人不是傻了就是疯了。

马克思《1848年至1850年的法兰西阶级斗争》写得太有意思了。她仔仔细细地掂量这样一段话："在路易·菲力浦时代掌握统治权的不是法国资产阶级，而只是这个资产阶级中的一个集团：银行家、交易所大王、铁路大王、煤铁矿和森林的所有者以及一部分与他们有联系的土地所有者，即所谓金融贵族。他们坐上王位，他们在议会中任意制定法律，他们分配从内阁到烟草专卖局的各种公职……"正是资本做空了资本主义。她想到了白马非马那个古怪命题。马克思对七月王朝的描述真是鞭辟入里，许多时候国家就是最高形态的有组织犯罪。

出什么事儿了，我的大姐大？电话里一个嘶哑的声音大喊大叫。你是谁？她听不出是谁的声音，可终于听明白了，人家还一直守在服务区（前一个服务区）。她很奇怪，这爷们儿怎么跑到那儿去了？

小巷深处

　　循着空气中葱煎带鱼的味儿，他拐进一条破败的巷子。青苔斑驳的墙垣足有几百年历史，屋后灶披间足以见证几百年煎炒烹炸的人间烟火，他朝檐下瞥一眼，只见晾衣竿上飘着几件破衣裳……于是探头探脑地朝里边走去，于是踩着满地瓦砾径直走入尘封的老宅。天井里，几个蓬头垢面的拾荒者围着煤球炉择菜做饭，欢天喜地唱着歌儿。狼局长今年四十多啊，日常的工作就是吃吃喝喝……

　　踩着满地瓦砾径直走入几乎遗忘的岁月，他不记得何时开始商店里都得排队了，天不亮就跟着外婆去小菜场门口占位。舌尖上的中国不光是吃吃喝喝，更有流长飞短的花样叙事，老墙门里或曾有过易子而食的事情？外婆喜欢讲老鼠娶亲的故事，喜欢絮叨昔日的大户人家如何如何。这是阁老轿舆进出的台阶，这是竹垞词里"湘帘乍卷，凝斜盼"的窗棂，这是东阳雕花匠补苴的冬瓜梁与雀替……那时总要站在天井里背诵古文，"穆王将征犬戎，祭公谋父谏曰：不可，先王耀德不观兵。夫兵戢而时动，动则威。观则玩，玩则无震……"外公靠在太师椅上睡着了，手里的《人民日报》掉在了地上。"夫先王之制，邦内甸服，邦外侯服，侯卫宾服，夷蛮要服……"念经似的诵读突然被喝止，"错了，错了！"干涩的謦欬声振屋瓦。其实只念错了一个字。他不知道为何非得背诵这种古文。他还记得，外公身后的中堂立轴是吴昌硕的一幅石鼓文，后来换成了毛主席诗词《沁园春·雪》——手书印刷品。

记忆中那些老宅一概变成了瓦砾场，又一概变成了钢筋水泥丛林。现在他必须重新回到原初的场景。可是一旦走进记忆的废墟，总是被什么东西绊住，竟是四顾茫然，逡巡不前。

小巷深处，不知哪儿飘来一股烘焙咖啡豆的香味——真正的咖啡，不是胜利牌咖啡——满街满巷地飘荡着。他不觉地停下脚步。似乎有两秒钟工夫，他又回到了自己几乎遗忘殆尽的童年世界——眼前是《一九八四》的一个场景。他走进普罗大众的小酒馆、走进查林顿先生的老铺子。温斯顿像飞蛾扑火似的寻找人性的慰藉，硬是将现实塞进了童年记忆。

《一九八四》

而他却实实在在地记得，那些东西早已被摧毁，或者说从来就没有那种温存。

未到酒醒时候

夜读竹垞词，半枕蒙眬中，想起"最是文人不自由"的话题。

公元一六七九年，也即康熙十八年，朝廷特设"博学鸿辞科"征辟天下饱学之士。是年五十岁的朱彝尊以布衣应试，被康熙皇帝取在一等，授翰林检讨，充《明史》纂修官。朱氏早年愤于时世而自弃科举仕进之路，这时候跑出来做官，难免被认为是"失足"或"轻出"，士林中故有"奔走逐食"之讥。可是，甭管人家说三道四，一上来感觉不错。京中文物俱备，毕竟不同于地方，同僚中如陈维崧、严绳孙、彭孙遹、毛奇龄、施闰章之俦，皆一时硕儒俊彦，相互切磋学问，结伴游冶，都为人生乐事。再者，彝尊嗜书，既为词臣，便有机会饱览皇家庋藏，此亦一大幸事，其撰《经义考》等著作自是得益于内府典籍。清代翰林官虽品秩低微，却是皇帝近侍，享有某些特殊待遇。几年后彝尊入值南书房，已获"恩准"紫禁城骑马。"骑马"似是概乎言之的说法，他为同入史馆的严绳孙所作墓志乃谓"骑驴入史居"。不管是骑马骑驴，总之朱氏对皇上的恩典感激涕零，为此专作纪恩诗一首，慨曰"回思身贱日，足茧万山中"，颇有一番忆苦思甜的滋味。

人生之转圜多半如流水从顺，却有其耐人寻味之处。彝尊入仕已去明亡三十余载，当初誓志复明的顾、黄诸辈垂垂老矣，他自己"十年磨剑，五陵结客"的豪气也销磨殆尽。随着清朝统治愈益巩固，汉族士人老实了许多。当然，放弃造反不等于非受招安不可，息影山林亦是安身之道，问题是彝尊这等读书人尚存用世之志。在儒家老祖宗孔子那儿，"苟有用者"就是人生选择的大前提，鲁国不用他就跑到卫国去了，随之颠簸陈、蔡、楚间而席不暇暖。以后韩非一路策士更是主动出击，好比现在公司白领跳槽，此谓"良禽择木而栖"。

可是做官久了，彝尊心境变得复杂起来。看他作文填词日趋小心，愈见婉约精雅。读着"最难禁，倚遍雕阑，梦编罗衾"一类词句，总有些酸涩味道。前人论词，有谓"低回欲绝"，幻影空花在细细把摸中，不期然织成了主题化的语境。文人自悯，乃中国文学常规话语，内中往往有着江山社稷的寄托，如屈原，如杜甫，如南宋诸家，可是到了朱氏手里，不能说这点意思全无，却是卸去了心志与抱负。晚年那些登临之作，抚今追昔，句句沉痛，偏是没有辛词"把阑干拍遍"那种诉求。前人对竹垞集中艳词评价甚高，一半是由于活色生香的文字，一半则在其深有寄寓。"任高高下下，萧萧搋搋，策策悽悽"，这些频频出现的叠字句，期期讷讷，很有一种哀而不怨

《江湖载酒集》

的美学意境。彝尊是有想法，只能是想想而已。他在官场上磕磕绊绊，一不小心竟以诗作《咏古二首》开罪权臣高士奇，为此大触霉头。那真叫"未到酒醒时候已凄凄"。作为《江湖载酒集》题词的那首《解佩令》中，其曰"老去填词，一半是空中传恨"，一语道出无尽的悲凉无奈。文人管不了天下诸事，自身的存在便将生发许多疑问。

行道迟迟

　　他靠在长椅上睡着了，公园里许多人在散步，梦里的公园比这更大，人更多。阿瑟说好晚上八点来，果真来了，扔给他一袋熟食（鸡翅鸭脖之类）。人呢？怎么不见了？他醒来时脚底下一片狼藉，鸡骨头鸭骨头，可乐罐饮料瓶……阿瑟说，这公园是左宗棠行辕旧址，再早是明末某个退休阁老包养歌伎的别业，房子不大却有一个挺大的园子，当年真叫翠叶藏莺，朱帘隔燕，其实……老左在这儿没待多久，那是道光十一年奉命襄办江南军务的故事，以后太平军几进几出，全城皆遭兵燹之厄。房子早没了，旧日的笙歌院落连同喧哗与骚动都撂入了荒凉的记忆。他想象着原先的房子会是什么样子，思忖着一个半世纪的沧桑贸迁。树影婆娑，夜色温柔，越过城市模糊的天际线，他凝视着远处的灯火楼台。

　　上海是那么遥远，这一路走了四五千公里，感觉中目标

还是离自己很远。那天 G25 高速上暴雨如注，南方的青山绿水竟是这般迷离惝恍，氤氲蒙蒙之中看什么都不是什么，急遽甩动的雨刮器抹出一幅幅歪歪扭扭的画面。别的不怕，只怕在高速上抛锚。他从小就在外面混世界，确切说是在寒窗苦读与辍学打工交替中度过了青葱岁月。后边上来的车子一辆接一辆从他身边超了过去，像一支支离弦之箭，拖曳着一团团水雾冲入前方的雨幕。他的车跑不快，除了音响不出声，车上每个部件都叮当乱响。说来知识并未改变他的命运，却给他灌注了睥睨世俗的心气。他要去上海，他一直梦想做上海人。或许在别人眼里自己就像贾樟柯电影里的小镇青年，可是他却学会用怀疑的眼光打量整个世界。在黄河边一个古镇上，算命的胖老头给他起了一卦，动静两三番，终朝事必欢。胖老头说动静交替乃贲卦，贲：亨，小利有攸往。他觉得那是在戏弄自己，心理抚慰式的戏弄。

他要去上海了却母亲的心愿，要把母亲的骨灰葬于那个陌生的城市。母亲是上海人，四十多年前下放北大荒的老知青，嫁给了当地人，因为娘家一直不认这门婚事，她就再也没有回过上海。也许是几方面的执拗成就了爱情的坚执，也许是无奈和无望写下了黑土地的守望之篇，谁知道呢？当他掏光所有的积蓄买了那辆二手微面，内心已经迈出了不再回

328

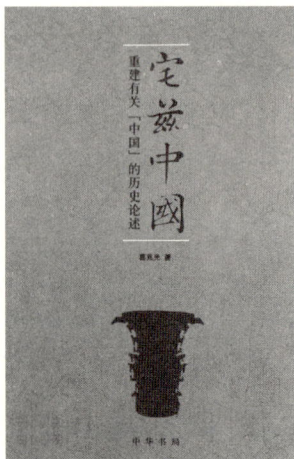 

《宅兹中国》　　　　　《寻路中国》

头的一步——他要伴随母亲去南方寻找自己的人生。行道迟迟，载饥载渴，经历了九九八十一难，他心里更是不胜惶惑。现在上海已近在咫尺，他反倒有些踟蹰不前。据说他从未见过的外公外婆尚在人世，当然还有一堆表亲，可他从未想过要去寻找他们。他有一种直觉：那儿恐怕不是自己的归宿。抑或就像卡夫卡书中那个 K，永远也走不进那座城堡？

　　他已在这座城市盘桓多日。白天看书，看累了就睡觉，他不去那些旅游景点逛悠。背囊里只带了两本书，一本是葛兆光的《宅兹中国》，一本是老外写的《寻路中国》。眼前这邑镇有上千年历史，街道和楼宇竟跟北方的中小城市别无二致，满街都是洗浴中心台球厅。他想，这大概就是"天下为一，海内晏然"的象征。他让阿瑟找一把铁锹来——他想好了，就把骨灰坛埋在这公园里，趁夜深人静时动手。阿瑟是本地人，他在网上结识的一个大龄文学青年。他们一起谈论科塔萨尔和略萨。阿瑟透露说他在写一首长诗，内容暂时保密。

心　狱

　　星期天本该在梦里待着，却让推销车险的电话闹醒了。现在满世界都有他的手机号，从社区到社会，从骗子到托儿……就差奥巴马没来找事儿。最烦人的是七七八八的短信，地产商兜售库存楼盘，银行新推理财产品，洗脚屋优惠打折，达摩瑜伽，仙侣灵修……昨儿有陌生号发来一条莫名其妙的链接，他好奇地上去看了看，原来是美剧《越狱》的一段视频。风雨交加的黑夜里，小帅哥迈克尔费劲地翻上墙头，忽又啪地摔倒地上……这是第几季里的情节？绝对不是芝加哥狐狸河监狱，也不像巴拿马的 Sona 监狱。探照灯光束掠过匍匐挪动的身躯，酷酷的墨镜里反射出泥水四溅的画面……人声脚步声，狗吠深巷中……退出时他突然意识到，这样看下去流量 hold 不住啊，八成又是营运商的促销陷阱。

　　天气不错。既然醒了，真想逾墙而去，学一把列子御

风而行。可外面尽是一些可疑的陌生面孔，一个个都跟 FBI 特工似的蜷起手臂说话——袖口上一准藏着麦克风。这两天，街边的小吃摊也换了，做鸡蛋煎饼的走了，来了卖肉夹馍的娘们儿。远处过来一辆卡车，卸下一堆漆成绿色的铁栅栏，几个工人开始在绿化带边上刨坑安装。从窗口望出去，那些人干活懒洋洋的，还

《苏联的心灵》

四处探头探脑。他把老婆拽到窗帘旁，悄声说，看见那些人了吗？人家干活关你什么事儿！看样子绝对不正常。老婆撇嘴道，你总是胡思乱想。那赵家的狗，何以看我两眼呢？远远的，有人牵一条宠物狗走过，那狗在马路牙子上寻寻觅觅，嗅来嗅去。似乎，一切都非常可疑。他想起鲁迅的狂人说过："我怕得有理。"

《苏联的心灵》向他打开了一个可怕的世界。一九四五年初冬，以赛亚·伯林在列宁格勒（今圣彼得堡）拜访阿赫玛托娃。他们彻夜长谈。她问起流亡西方的俄国作家，说到大清洗与集中营……说到罹难的古米廖夫和曼德尔施塔姆，女诗人

肝肠寸断，泣不成声。伯林的叙述有时变得犹犹豫豫，他不知道其中是否隐去了一些不宜公布的内容。阿赫玛托娃非常怀念"一战"之前那段充实的艺术生活，就像如今老小资们都喜欢追忆八十年代。说到如何理解文艺复兴，伯林问她，那是一段真实的历史，还是一种理想化的幻象？她的回答是后者。那是歌德和施莱格尔曾构想的世界，深含曼德尔施塔姆所渴求的普世文化——那些变成了艺术和思想的东西：本性，爱情，死亡，绝望和牺牲，一切"绝对"的真实。他明白，只有在那种想象的真实世界里才没有谎言。可是你又怎么定义"想象"二字呢？他想象不出一个真实的世界会没有谎言。阿赫玛托娃诚然有着最惨痛的人生经历，可又如何知道当今的故事是这么复杂，就像埋入地下的管线，密密匝匝缠绕在一起。

"心灵"一词总是夹缠在文化与传统之间。阿赫玛托娃身上有一种殉道精神，人家不想"越狱"，乃以感受苦难的方式不断对现实进行控诉。他知道，那跟画地为牢不一样。城管来了，在跟肉夹馍娘们儿打情骂俏。阿赫玛托娃可谓一根筋，毕竟是贵族范儿。他想起"有恒产者有恒心"、"仓廪实而知礼节"的圣贤之言。可是圣贤又说"为富不仁"、"肉食者鄙"。真是凡事一说即落言筌。窗外绿枝摇曳，肉夹馍娘们儿笑得震天动地。

失　忆

　　问他姓名年龄住址，他说不知道。问他当时怎么会出现在小饭铺门口，他说不知道。问他是不是失忆了，他说不知道。问他还记得什么，他说要喝酒。他不喝咖啡。那玩意儿越喝口越干。说话这当儿已是口干舌燥，一说喝酒来劲了，倒反问人家，怎么知道出事的时候他正在小饭铺门口？对方几个支支吾吾，面面相觑，好像不知道怎么回答才好。他笑笑，不说是吧，要不你们哥儿几个也有不知道的。要不你们说说我去那儿干吗？

　　其实去小饭铺就是喝酒来着，还没进门就出了这档子事，该他倒霉。这年头满街都是吆五喝六的人物，每晚电视剧里跟日本鬼子国民党打得昏天黑地，没准哪天又该上街砸车了。这街上雾蒙蒙的，行色匆匆的路人都贴着面膜，好像鬼影似的晃晃悠悠。从那幢铁灰色玻璃房子里出来，他好像有些不知所向，身上还瑟瑟发抖——街上真冷。他招手拦下一辆出租车。钻进有暖气的车厢觉得很舒服，真想脑袋一靠马上睡过去。司机问他去哪儿，他说不知道。嗯啊了一阵，还是想不起要去什么地方。司机把他赶下车，骂骂咧咧走了。

打着寒战，踯躅街头，他开始怀疑自己是不是真的失忆了。前几日莫名其妙被拽到一个饭局上，那些人见着眼熟，可就是记不得人家的名字。他好像跟整个世界的关系都断了，看电视新闻更不知今夕是何年，林林总总的景象愈发像是黑客帝国的矩阵世界。上月五十四个大中城市房价环比上涨，常州被称又一"鬼城"，俄罗斯黑帮大佬遭狙击手暗杀，缅甸开放十八个油气区块……这跟自己有关系吗？这街上的人怎么一个都不认识，怎么到处都是"开票·办证·刻章"？他试着拨了小广告上的一个手机号，对方问他需要提供什么服务，那悦耳的女人话音让他想到大公司的前台小姐。你知道我是谁吗？他不知怎么就冒出这么一句。那女人声音陡然变了——别搁我这儿瞎贫！你那哥们儿的释放证办好了，明儿一早出货！

约瑟夫·K一早醒来就被陌生的黑衣人宣判有罪，闯入者还把他的早餐给吃了。好像是为了证实自己并未失忆，他突然想起卡夫卡的《审判》。对了，K好歹还吃了苹果，喝了

点酒。可是自己今儿一天竟滴酒未沾，这一点他记得清清楚楚。在玻璃房子里，他跟那些黑衣人说到喝酒，对方却避而不答。家里老婆总拿老年痴呆说事儿，说是酒精破坏大脑细胞。人家不说这个，说是敌对势力什么的。他心想这不还是楚汉之争的套路，电视剧的思维方式。迦陵词曰："俎上肉，何无赖；鸿门斗，真难耐。算野花断镞，几更年代。"

《审判》

　　在家里，他对付老婆有两手。今儿有好菜，怎么也得喝点。这是一说。今儿没什么好菜，还不让人喝点？这又是一说。忽然想起家里温暖的房间，想着大碗喝酒大块吃肉，想到电话里说你那哥们儿的释放证办好了……那哥们儿是谁？电话里的女人又是谁？

士林风气

顾炎武观历代风俗人心，断认士林风气坏于正始。《日知录》曰："魏明帝殂，少帝即位，改元正始，凡九年。其十年，则太傅司马懿杀大将军曹爽，而魏之大权移矣。三国鼎立，至此垂三十年，一时名士风流，盛于雒下。乃其弃经典而尚老庄，蔑礼法而崇放达，视其主之颠危若路人然，即此诸贤为之倡也。自此以后，竞相祖述……以至国亡于上，教沦于下……"（《正始》）以晋亡咎于林下诸贤，这看法有些简单。自曹魏而下，延至晋室东渡，支撑政权的主要力量乃军事豪强，实非一班跅弛之士。既是武人当政，文人只能悠游林下，口吐玄言，搞点嘻哈名堂。

说来，中国历史上真正由文官集团实行礼治只是宋明两代。有趣的是，这两个朝代士大夫都很会闹腾。宋代政治是朋党操盘，太宗时有胡旦、赵昌言辈跟赵普一班旧勋元老较力，真宗一朝又有君子小人之争，到仁宗时就形成新党旧党的长期恶斗。至神宗上台，王安石议改法度，朝中两派索性撕破脸皮死掐，以致党祸大起。明代由于宦官干政，皇帝与文官集团形成对立，官场恶

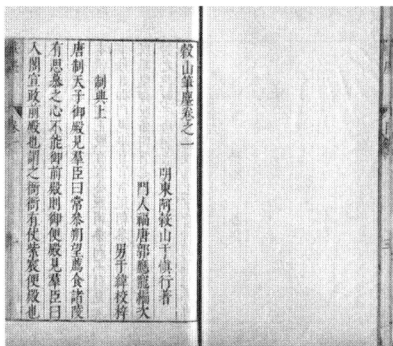

《谷山笔麈》

斗已非大盘走势。像严嵩倒夏（言）一类都很难比肩宋人党争，要说朋党政治只是晚明东林与奄党之缠斗。不过，明代士大夫的张狂却是前所未见，嘉靖议大礼，万历争国本，一争就是十年二十年，还颇具"行为艺术"色彩。到头来少不了廷杖伺候，庙堂上轰轰烈烈上演一出出悲剧和闹剧，如于慎行《谷山笔麈》卷十所称："大廷裸体系累，不以为辱，而天下以其抗疏成名，羡之如登仙。"

宋人不兴任诞之风，满脑子都是政治谋略。明人爱较真，爱作名理之辩，以致治国平天下的核心价值观殆几不存。不过倒是品流舛杂，玩什么的都有。一方面，贤良方正有方孝孺、薛瑄、胡居仁，吏治精敏有杨廷和、张居正，即便陈献

章、王守仁那些潮人也还守得住儒家礼法；另一方面，越情违俗之徒层出不穷，如姚江、泰州以下诸公，王畿、王艮、李贽……乃至颜山农、何心隐辈，盘踞祖宗门墙，却尽拆儒学堂庑，所谓"从性"、"从心"、"从情"耳。前人多以"士习嚣张"形容当日风气，其实"嚣张"是一种精神挣扎，那是儒者最后的一点话语权力。

江湖情结

读迦陵词，他喜欢那些惆怅而牛 × 的句子："夜来天街无酒伴，怕离鸿、叫得枫成血。""浔阳夜火黄州雪，应为我徙倚无聊。""沦落半生知己少，除却吹箫屠狗。"……"吹箫屠狗"乃周勃、樊哙之辈，沦落归沦落，拍拍肩膀都是布衣将相。当然，这是夸张之辞，可如今谁有这份豪气？

那日在 H 商厦，门可罗雀的专卖店里，意大利男装居然三折起。一件带隐条的黑色休闲外套乍看不错，对着镜子试了试，却不怎么顺眼。自己解嘲道，怎么有点像黑社会人物。售货小姐趴在收银机旁抹着指甲油，一边起劲地忽悠他，人家就要这效果，再说你长得就像黑老大嘛。他一阵傻笑。似乎黑社会听着也是一句恭维话。

清代词家多有江湖情结，竹垞填词动辄拿"荆高"、"燕市"说事儿："当年博浪金椎，惜乎不中秦皇帝！咸阳大索，下邳亡命……"康熙十六年,朱彝尊谒彭城汉高祖庙,又过张良祠,大发思古之幽情。那年头江湖上还没有革命党,文人骚客只能借着笔墨过瘾头。越明年,朝廷开博学鸿词科,竹垞迦陵及一班文坛才俊尽入彀中。不过自有更牛×的,那几个做经世学问的江湖大佬硬是不给朝廷面子,李二曲、傅青主还有顾亭林,都死活不来。后来龚自珍闹改革,一边"规天下大计",一边仍是首鼠两端,心绪惘然。定庵词曰:"屠狗功名,雕龙文卷,岂是平生意?……怨去吹箫,狂来说剑,两样消魂味。"

这年头,做人做事都是做局。昨儿听几位局长作报告,奶酪蛋糕,谈笑风生。董局拿股市打比方,做局——拉高——出货——暴跌——抄底……如此滚动,便是可持续发展。薛局喜欢做土地文章,从土地革命说到土地改革,说到土地财政,百年风云,几多迷局,一语道破。现在当官的不是博士就是硕士,嘴皮子不输赵本山周立波,人家饭局上都在操练。他想,现在是找不出剑气箫心的读书人了,现在以"亻"为本,士者尽为仕矣。

薛局穿铅笔裤的样儿瞧着那么眼熟,他想起动画片上名叫麦克的单眼绿仔。夜深人静,看《怪物公司》很过瘾,他每周看上一两遍,从头到尾都研究透了。蓝毛怪兽和单眼绿仔总在那儿打打闹闹，谁知喜剧情境也包含颠覆性。阿Q说："太可恨……便是我，也要投降革命党了。"

可能／不可能

　　"你那玩意儿拿掉没有？"岸上传来断断续续的说话声。
"……那怎么可能？老大说了不到万不得已……"渡轮开始离
岸了，那两人还聊得起劲，两个戴大盖帽的。他搞不清是水
警还是城管。船身又一阵颤动，敞口的轮机舱里骤然轰声大
作。船上没有乘客座椅，大家都趴在船舷上看风景。上游江
面上兀然耸起一座尚未合龙的大桥（那桅杆状玩意儿就是挂
钢缆的索塔了），上次来时江上还未见动静。听建行豁爷说现
在上头就拿着地图找项目，这儿画道线是一座桥，那儿画个
圈是一座城……不到二十公里的江面上造起七八座桥了。看
来至少还能添一座——这轮渡早晚要被桥梁取代（去岛上那
倒是方便）。

　　他总是在微博上抨击政府投资驱动。老婆总说他"一
身情绪"。他想起十年前一部电影，克里斯蒂安·贝尔主演

的 *Equilibrium*（中文愣是译成《撕裂的末日》），那里边将各种情绪（愤怒、嫉妒、怜悯什么的）都归入"情感罪"，谓之危害人类的不安定因素。至于牢骚言论更不用说了，那在《一九八四》里就是"思想罪"。从"思想罪"延伸到"情感罪"，绝对是找准经脉了。但那些编导显然缺乏中国经验，譬如大盖帽们面对商贩那种冷漠根本就不需要药物控制。这渡轮上看风景的面孔，一个个也都那么木讷。

船走到一半，震耳欲聋的引擎声突然停了。怎么不走了？甲板上开始冒出急吼吼的嚷喊，看风景的面孔不再木讷，一个个变得惊异和焦躁。这时，船上的高音喇叭发出安民告示——水上指挥部紧急通知，本船即刻起在江上停机待命，何时开行将另行通知……广播了两遍，竟未解释什么原因。惊异和焦躁的面孔又变得愤怒了。这当儿船员都不见踪影，驾驶舱门锁着，里边没人。轮机舱的舱盖也关上了。他注意到已经下了锚链，而满载人员和车辆的渡轮却缓缓朝下游漂移。

他倒沉得住气，干脆背靠船舷坐在甲板上看书。身边正好带着新出的迪伦马特小说集《抛锚》。三十年前读过其中与书名相同的那篇，他记得特拉普斯先生最后是上吊自杀了，似乎有些匪夷所思。另一篇《坠亡》以前未见过，是关

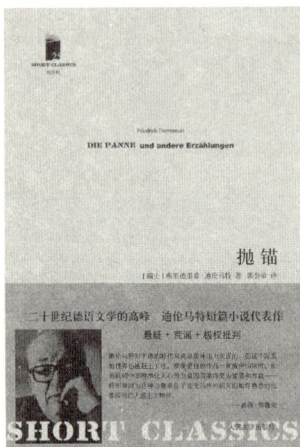

《抛锚》

于"老大哥"一类极权政党的宫闱秘辛。渡轮迟迟不开动，别人都在骂娘，一个穿花格衬衫的汉子爬到驾驶舱去踹门。迪伦马特的故事很诡异，列席政治局会议的原子能部长（代号 O）没露面，弄得其他人都惴惴不安。岛上出什么事了？指挥部？怎么不说是政治局。这事儿奇怪。代号 A 的老大居然控制不了局面，让 L 给干掉了，结果小 D 上位。最后匆匆赶到的 O 解释说弄错日期了，这可能吗？有人打 110 报警。怎么说？人家说你们肯定弄错了，编号 XD102 的渡轮十年前已报废……这可能吗？怎么不可能！可能 / 不可能——有意思，模棱两可的二者永远是如此泾渭分明。

淫雨霏霏的夜晚

今夜仍是淫雨霏霏，没有风没有星光没有嚣张疾驰的车流，对面高架上居然一片寂静。楼外一辆银灰色的越野车里闪着烟头的亮光，他知道有人在那儿蹲守。

他在 Ask 上输入 Alvar Aalto，找寻介绍芬兰建筑师阿尔托的网页。几帧伏克塞涅斯卡教堂的图片跳了出来，那形廓一下让他看呆了。那别致的钟塔，高低参差的开窗，像是童话中的景物，忽然从林间雾霭中飘了出来……不曾想，功能主义大师也会弄出这等风情。功能主义并不都是机器美学的玩意儿。再看人家一九五六年设计的帕伊米奥肺结核病疗养院，现在看上去还是很棒。他想象着自己就是一个在那儿做康复治疗的病人，坐在大师设计的那种有趣的椅子上继续想象，把自己想象成具有冒险性格的叛逆者……

奈保尔在《抵达之谜》里边写道："没有人天生就是一

《抵达之谜》

个反叛者。我们的反叛心态都是被训练出来的。"书中提到租车行的布雷与"庄园"的仇恨，那段语焉不详的叙述中可能包含着一个受虐的故事，但作者故意略去不表。布雷跟庄园仆人菲利普斯、园丁皮顿之间充满了敌意，他们的互相憎恨甚至表现在衣着品位上的大相径庭，长长的一节叙述写得惟妙惟肖。人性真是复杂。他一直觉得奈保尔是个二流作家，可是得承认二流作家也有一流的观察力。他记得那年初夏谒见王元化先生，衡山路地铁口拐弯，绿荫遮蔽的老房子……不知怎么说到十九世纪欧洲小说，先生很推崇那个时代的作家，于是又说到观察社会的眼力。先生称就文学趣味而言自己是老派人，喜欢有理想有真情的东西。

阿钟说今夜要来，到这会儿一个电话也没有。温塞拉斯广场不会又宵禁了吧？烛光融融的寒夜里，布拉格人用自己的方式传递着人间温情。今夜死一般地静寂，没有风没有星光没有嚣张疾驰的车流，仿佛整个城市陷入了沉思。诗人和

学者都上哪儿去了？前边的高架是一条断头路，他猛然急刹车，来了个U形调头。也许，明儿又是另一番情形。生活中有着太多的也许的也许。狗日的皇协军又来了，马路牙子上总有那么一股尿骚味儿。

昆德拉说："这世界不是一个简单的古拉格，这是一个四周墙上涂满了诗篇，人们在它面前载歌载舞的古拉格。"载歌载舞的人群从记忆中走来，恍若盛世再度来临，他想起"到处莺歌燕舞，更有潺潺流水……"那是哪一年的事儿？其实他并不喜欢昆德拉，那家伙对被篡改和被背叛的事实怀有天然的恐惧，总是把捍卫某种精神权利的思想变成了另一种话语诫令。也许，被背叛的只是我们的良知。也许，城市本来就建于泥淖之中。他揉揉疲乏的眼睛，该用户发言已被管理员屏蔽，网页上又出现一行熟悉的字样。被屏蔽只能是一个受虐的故事，就像浑身爬满了虱子。他很迷恋那些不合时宜的言论，可有时又想戒除这顽习，不是怕被监控，只怕自己焚于一种愤怒的情绪。

管理员（administrator）是自我终结者。其实没有强人。没有纲领，没有叙事，只有程序和话语权限。譬如，一百年的土地革命把土地倒来倒去，不断重复载歌载舞的记忆与想象。譬如，淫雨霏霏的夜晚，无风的空气中传来喃喃低语的倾述，好像来自另一个世界。

后　记

　　本书收入了一百多个小故事，其中六成以上是我给《书城》杂志撰写的"编辑部札记"，其余则是不同时期写下的同类文字。自七年前参与《书城》编辑工作以来，每个月都要给刊物写一篇这样的卷首语，我不想写成那种导言式的文字（期刊卷首语、卷尾语大抵有一种固定套路），就往经验表述的路子上走了。面对到处皆是的哲理与说教（抑或谎言与废话），回到存在与表象的世界会让自己脑子清醒一些。我总觉得，故事是先于一切的存在（当然不是指物理世界）。我们只是在叙述中才有可能贴近生活的本源——人性的本源。

　　对我来说，写作基本上是经验的还原，当然还需要借助一点想象力去找寻叙述的话语构形。其实，故事往往被人们的记忆压缩为一个个意象，譬如印在博尔赫斯脑海里的一排铁矛似的围栏，匕首和六弦琴，街头的杂货铺子或是马车上的铭文。至于我自己，脑子里永远有一堆杂乱的东西，有些只是一些模糊的印象（不是意象）。如何把模糊的东西梳理得清晰一些，将那些支离破碎的印象变成叙事性的呈现，这番劳作实在是有着"道生一，一生二，二生三……"的妙趣。我写的故事无论是真实的或是虚构的，都跟自己的人生阅历有关，我不是一个能够将想象置于经验之上的作家。不过，细心的读者也许能够看出，那里边多少都有一种局外人的态度——绝非刻意要超然物外，只是自己永远摆脱不了生存的被动，这类故事里的看客心态也是我自己的人生态度。随着年事增长，少年的天真和壮岁的悲悯已离我远去，回望之际偶尔还能感受到当初的一丝心悸。

在我的人生经历中，许多琐屑小事似乎都有某种特殊指向，某个突来如其的想法会在一瞬间改变自己。一位西方诗人说玫瑰的绽放没有理由，可是我们卑微的生命总是印证着世事沧桑。终于有一天，我意识到，往昔耳濡目染的生活素材很值得去挖掘。是的，有趣的故事往往产生于偶然性和平庸生活的相遇之际，我相信每个人都可能会是那些故事的当事人。中国人多半对家长里短的流言蜚语颇感兴趣，我本人也是这样，年轻时对政坛小道消息更是津津乐道。多少年来，我们在叙述与传播中长大，在想入非非的梦境中变老。

感谢黄子平兄为本书作序，他的理解和批评让我备感欣慰。写作这些故事时一直得到冯统一、程德培、吴亮、许志强诸兄的鼓励和鞭策，在此也向他们表示诚挚的谢意。今后如果还能写作这样的东西，我一定要写得更好。

吴彬女士担任本书责任编辑，亦是我文字生涯中的一份荣耀。

李庆西
二〇一三年八月于杭州